松浦弥太郎

ご機嫌な習慣

中央公論新社

まえがき

文章を書く仕事をはじめて二十年が経った。

自分が過ごした外国でのさまざまな出来事などを会う人会う人に話すと、今のようにインターネットで情報を共有することがない時代だったせいか、思いのほか、多くの人が面白がってくれて、そういうエピソードをひとつひとつ書いてみてくれないかと、聞き手の一人だった編集者に言われたのがきっかけとなった。

文章なんて書いたことがない、と思ったが、まあ、いつも自分が人に話すように書けばいいかと自由気ままに書いてみると、その稚拙というか、奔放な文章が気に入られて、それがよいかわるいかわからないまま、いつしか職業のひとつになった。

尊敬する民俗学者の宮本常一が編集した「あるくみるきく」という紀行雑誌があった。僕はこの雑誌が大好きで、対象は違えど、自分なりの、歩く、見る、聞く、を仕事の中心に置こうと思った。そこで僕という人間が拾い集めたささやかな何かを、できるだけ具体的に、正直に、わかりやすく、時にはおもしろく書いてみよう、上手に書こうなんて思わずに、というのが、ありがたいことに今日まで続いている。

最近は、昔のように旅らしい旅ができなくなり、もっぱら家の中や（台所が結構多い）、仕事をしたり暮らしている街、さてまた自分の心の中の「あるくみるきく」となっている。

そうしながら、僕は何を探しているのだろう。ふとそう思うと、ひとつは、暮らしに役に立つ知恵とか気づきがある。それは料理であったり、家事であったり、健康にまつわることであったり、いわば衣食住に関わるちょっとしたこと。

それともうひとつは、優れた娯楽というのかな、とにかく、わっはっはっはと笑えるおもしろいこと。いやなことを忘れることができる楽しいこと。そうね、言い換えれば、人間味というしあわせかな。

そのふたつを、うろうろと「あるくみるきく」をしながら探しては拾い集め、あのさ、ねえねえ、ちょっといい？　こんなことあった、こんなふうに思うのだけれど、と知らない人の肩を叩いて、話を聞いてもらうのが僕の日々である。

さて。ということで、この本はそんな僕の「あるくみるきく」を集めた一冊であります。雑誌や新聞、広報誌などに寄稿した思い入れのあるエッセイたち。ねえねえ、とあなたの肩を叩かせてもらえたら、とてもうれしいのです。

松浦弥太郎

目次

第3章　自分の「舌」を信じる　97

第4章　回想は妙薬　129

第5章　大好きなモノ語り　157

装幀
櫻井 久（櫻井事務所）
写真
松浦弥太郎

ご機嫌な習慣

第1章

ご機嫌に
生きるための習慣

五十代からの「ご機嫌な習慣」

五十歳になったときは、ああ、こんなもんか、大したことないなと思っていたが、一年が経《た》とうとしている今、普段の疲れではない、人生の疲れみたいなものを、ひしと感じるようになった。

五十代以前は、自分の人生に限りはないと思っていたが、今は限りがはっきり見えている。だからか、その残りの人生をどう生きようかと、我に返ったように考えるようになった。といっても、現実の自分の環境を大きく変えて、新しいチャレンジをするとか、急にやる気まんまんになってみるとか、張り切るわけでもなく、うーむ、どうしようか、と考えてばかりいる。

ひとつ確かに思うのは、ここでいろいろなことを、「無理無理」とあきらめたり、自分の人生はこんなもんだと守りに入ったりしてしまうと、そこから一気に老けこむのではないかということだ。とても怖い。だから、なんとか、四十代の頃の覇気をキープしながら、少しかしこく、少し丸くなり、少しセーブしながらも、攻めのスタンスを保ちたい。

となると、仕事と暮らしにおいて考えると、体力的にも午前中の使い方というのがポイントではないかとひらめいた。

午前中は疲れもなく元気だし、頭も回るし、集中力もある。機嫌もいい。なので、できるだけ早起きして、一日でやるべきことを午前中に済ませるようにがんばる。「疲れることは午前中に」を合言葉にする。

午後はのんびりしながら、明日の準備をしたり、人とのふれあいを大切にしたりする。

五十代の皆様、こんな感じはいかがでしょうか。

あきらめず、無理せず、まだ老けず、一歩一歩ですね。

シンプルという学び

子どもの頃、僕は、「普通」という言葉を嫌っていた。

思い返すと、目立ちたいがために、人と違う振る舞いをしたり、こうしなさいと言われたことに逆らってみたりして、できるだけ、「普通」ではない自分を作ろうとしていた。

「普通はこうするから」、「もっと普通でいなさい」。何かをするたびに、こう叱られ、「普通ってどういうこと?」「みんなと同じってこと?」と聞いては、両親や大人を困らせた。

目立たない。みんなと一緒。常識だから正しい。こういう「普通」が、嫌で仕方がなかった。

そんな僕だったが、大人になった今、あらためて「普通」とは何かと考えている。なんとなくだが、「普通」にささやかな美しさと安らぎを感じるようになったからだ。

辞書でひくと、ありふれたもの、あたりまえなこと、と書かれている。なるほど、すると、日常の中で、ふと気づく、ありふれたものの美しさ、あたりまえであることの美しさに、僕はひかれているのかもしれない。

そして、美しくあるものの原点もしくは基本は、すべて「普通」から生まれているのかもしれない。ありふれたもの、あたりまえのことにこそ、本当の豊かさが見つかるのだろう。

ああ、たしかにそうだと思う自分がいる。

そんなことをぼんやり考えながら、「普通」を、自分なりの言葉に変えてみると、「シンプル」という言葉がいちばんしっくりくることに気づいた。

「シンプル」。とてもいい言葉だ。

最近の僕は、「シンプル」という概念から生まれる、美しさ、安らぎ、豊かさに、深い学びを感じている。

僕の基本

一日が終わり、ふうと一息つき、ベッドに入ったとき、自然としていることがある。

あらゆるものやこと、人、家族、社会など、そういう自分に関わるすべてに、手を合わせ、感謝をすることだ。

「今日も一日ありがとうございました」と必ず言葉にする。

いやなことがあった一日でも、つらくて涙した一日でも、楽しくてうれしかった一日でも、そのすべてを学びと捉えて、「いつもありがとう」と手を合わせ、感謝をする。すると、不思議と気持ちが、ふわっと丸くなり、よく眠れる。

朝も気持ち良く目を覚ますことができる。

「ありがとう」という感謝の言葉は、すべてのモチベーションになり、起点にもなっている。だから、自分にとっての基本は何かを考えたとき、いちばんに思い浮かぶのが「ありがとう」という言葉だ。

もうひとつ。

「はじめてのこころ」という心持ちがある。

「はじめてのこころ」とは、たとえば、働く、人と関わる、食事をする、学ぶ、遊ぶ、考える、作る、など、そういった毎日のいつものことに、できるかぎり、はじめての気持ちで向き合うということ。いわば、初々しい自分でいること。

毎日、何事に対しても、うきうき、わくわく、どきどき、一生懸命な、初心者であり、新人でありたい。そういう日々の歩み方を大切にしたい。「はじめてのこころ」で向き合うと、なにもかもが学びになるからだ。

「ありがとう」と「はじめてのこころ」は、自分のこころをとびきり素直にしてくれる。毎日、その素直さをちからにして一日を送っている。

今もとばし読みの名人

子どもの頃の僕は、ひとりの世界に浸るのが好きだった。そんなときは大体、本を開いて、そこに書かれた物語や挿絵に夢中になった。本に手を伸ばせば、そこには自分だけの自由な時間と、想像の世界がどこまでも広がっているように思えた。

その頃、どんなふうに読書を楽しんでいたのかと思い返した。僕はとばし読みが大得意だった。たとえば、学校で本を読む授業があると、誰よりも早く本を読み終えることができて、担任の先生を驚かせた。

そのときは、叱られると思って、とばし読みをしているとは言えなかったが、担任の先生からは「松浦くんは、とばし読みの名人だね」と、すぐに見抜かれた。

しかし、とばし読みをしてはいけないと、一度も叱られたことはなく、「すごいなあ」と、逆にほめられた。

とばし読みとは、わからないところは気にせずに、どんどん読み進むことだ。子どもは何も知らないから、読むもの、見るものがわからないことが普通。だからこそ、わからないということは、子ども自身にとっては大した問題ではない。

で、わからないものの中から、ほんの少しわかるものを見つけ、手がかりにする。子ども特有の直感と洞察力によって、しっかりと本質をつかんで、大人が読むような物語にだって深く入り込んでいくちからがある。

担任の先生はそれをわかっていて、僕を見守ってくれたのだろう。

わからないからこそ、大事なことはわかっている。わかりにくい表現だが、それは確かなことだと思う。僕は今でも、とばし読みの名人だ。

早寝早起きのため「減らす」

健康のために心がけていることに早寝早起きがある。

夜十時にベッドに入り、朝五時に目が覚めるようになって二〇年以上が経つ。こんなことを話すと、「いいですねえ」と人にうらやましがられる。

しかし、こればかりは自然とそうなったというのが本当だ。その理由は、暮らしと仕事においてポテンシャル（潜在能力）というのか、いろいろなものに向き合う集中力や気力といったメンタルに、体がしっかりついてくるようにするためのコンディション作りだ。

めったに風邪を引くこともなく、何か病気をすることもなく、五十歳を過ぎても、すこぶる元気でいられるのは早寝早起きのおかげだと信じている。

ある日、人に「早寝早起きのために何をしているのか」と聞かれたので、「何かをするというよりも、していることを減らしている」と答えた。

たとえば夜の会食。何も考えずにいると、週に三日は会食となってしまう。これを週に一日と決めた。当然だが、残業はほとんどなし。あとは、好きな読書を一日一時間と決めている。こればかりはストレス発散にもなるから、減らすのはなかなかつらいけれど、まあ我慢するしかない。

減らすことではないが、何があろうと、夕食を夜七時半と決めている。早寝早起きの一番のポイントかもしれない。これがズレると寝る時間もズレてくる。休日もこの習慣は変わらない。

考えてみると、夕方から夜にかけての行動を調整するということだ。

一度、自分が何をどんなふうにして過ごしているのかを定期的に洗い出してみるといいかもしれない。

「すごい」の感度

僕の大好きな友だちの話をしよう。彼は僕と同い年だから、ちょうど五十歳。立派な大人なのに、子どものように純粋で、天真爛漫《らんまん》なのが魅力。時にハラハラさせるのは、誰に対しても、いわゆるタメ語というか、言葉遣いが軽々しいのだ。しかし、不思議と怒る人は一人もいない。

面白いのは、いつ挨拶をしても、何を語りかけても、彼の最初の返事は、「すげー!」なのだ。要するに、何を言っても、彼は思い切り感動してくれるのだ。

笑顔たっぷりの「すげー!」は、人を全肯定する最強の言葉なのかもしれない。しかも、口癖ではなく、本気で感動と感激をしているから、言葉遣いがどうであろうと、そう言われた本人はうれしくなってしまうのだ。

　彼と一緒にいると、一分間に一〇回を超えているのではと思うほど頻繁に「すげー！」と言われるので、なんだか自信が湧いてきて元気にもなる。だから、彼のまわりはいつもたくさんの人が集まっていて、わいわいがやがやと笑顔でいっぱいなのだ。

　何があっても冷静であることが大人の証のようだが、子どものように純粋で、何にでも「すげー！」と目を丸くして驚く彼を見ていると、うらやましく思うのだ。

　彼は人気のクリエイターだが、そんなふうに日々たくさんの感動をしているから、それがアイデアのもとになって、たくさんの人に「すげー！」という感動を与えているのだろう。

　僕は今日、彼のように「すげー！」と感動したことがあっただろうか。年齢と共に、心や気持ちの感度が落ちないように気をつけたい。しかし、「すげー！」って、ほんとにすごい言葉だ。

基礎代謝をキープする

ランニングを始めて八年が経ち、いつの間にか体重が八キロ落ちた。

ダイエット目的でランニングを始めたわけではなかったが、体重が減るとこんなに体が楽になるものかと驚いた。

八キロは相当な重さであって、その分軽ければ、歩くにしても走るにしても、何をするにも楽なのは当然だろう。ぜい肉も減ったから、体の動きがスムーズで、たいていの洋服がブカブカになった。

しかし、体重が減るのはいいことばかりではない。たとえば、免疫力が落ちたのか風邪を引きやすくなったような気がするし、顔が細くなって、なんとなく貧相になった気がしてならない。鏡に映った自分の顔を見て、つくづくそう思うのだ。元気なはずなのに元気に見えないというか。

とはいうものの、最近、体重が戻りつつあるから面白い。ランニングの習慣も、食生活も何も変わっていないのに、ぜい肉が復活し体重もじわじわと増えているのだ。

原因は何かと考える。

年齢が五十歳を過ぎたことで、いわゆる基礎代謝ががくっと落ちたのではないか。その分、体重に影響を与えているのだろう。そして、こうも思った。もしランニングをしていなかったら、きっと今頃、まるまると恰幅《かっぷく》よく太っているのだろうなあと。

走る距離を延ばし食べる量を減らせば、すぐに体重は減るのだろうが、今は少し戻ったくらいがちょうど良いと思っている。

しかし、基礎代謝をキープすることは大事らしい。ということで、筋トレを始めてみた今日この頃である。

旅のお供に

旅行や長めの出張の際に、必ず持っていくものの一つがお気に入りのお茶だ。知人にそう話したら、驚かれた。

お茶はどこでも買えるだろうし、ホテルの備えつけもあるだろう、と。持っていくのは、ハーブティーや中国茶、抹茶など、すべて小さな袋に入ったものだ。たとえば、部屋に戻って寝る前に、いつものお茶を淹《い》れてゆっくりと味わうと、気持ちがすっと落ち着く。朝起きたときに、熱いお茶が飲めるのもうれしいものだ。

急須を必要としないので、お湯さえあれば手間はかからない。友人らと一緒の際に、お茶を飲みませんかと誘うと喜ばれる。

そうそう、お茶とセットで持っていく大事なものが、もう一つある。これもまた、お気に入りのマグカップだ。せっかくのお茶を紙コップで飲むのは味気ない。今ではマグカップとお茶をセットにして持ち歩けるように、専用のポーチを用意している。

おいしいお茶を自分のマグカップで味わう。旅先や出張先だからこそ、そんなひとときが、疲れた心身を癒やしてくれるのだ。部屋に帰ったとき、テーブルに自分のマグカップがあるだけでもほっとする。

飛行機の機内でも新幹線の車内でも、買ったお茶を自分のマグカップに入れ替えて味わう。それを見ると、仲間は皆うらやましがる。

陶器だから割れたら困ると思われがちだが、乱暴に扱わないかぎり、海外に持っていっても割れる心配はそれほどない。

それよりも、自分のマグカップでお気に入りのお茶を飲めることが、何よりもうれしいのだ。もちろん、コーヒーでもよし。

僕の仕事着

クローゼットには、白いシャツばかりが並んでいる。数えてみたら一〇枚以上あった。僕は毎日のように白いシャツを着ている。いわば仕事着として。

白いシャツは、洗濯したら、必ず自分でアイロンをかけている。ていねいに。

アメリカにいた頃、近所の本屋に、髪はぼさぼさ、パンツや靴、身につけている小物はいたってカジュアルだけど、いつもアイロンがピシッとかかった白いシャツを着ている人がいた。

僕はその人の身だしなみが、とてもすてきに思えて、会う度に、今日はどんな感じだろうとチェックしていた。

あるとき、その人と話をする機会があった。

「いつも真っ白のシャツを着ていますね。しかも、アイロンがピシッとかかっていてすてきです」と言うと、「ありがとう。これは亡くなった父との約束なんだ。大人になったら、どんな仕事をしてもいい。けれども、毎日、自分でアイロンをかけた、白いシャツを着て仕事をするようにってね。だから、このアイロンのかかった白いシャツは、僕の仕事着なんだ」と答えてくれた。

自分でアイロンをかけた白いシャツが、毎日の仕事着だなんて、なんてすてきなんだろうと思った。

その日から僕は、その人の真似をして、自分の仕事着を白いシャツと決めた。

そんなふうに仕事着があると、シャツだけでなく、毎日、心持ちまでもピシッとなって、とてもうれしい。

よし、今日もがんばろうと思えるのだ。

シャツの裾の「常識・非常識」

子どもの頃、シャツの裾をパンツの外に出しているのを母に見つかると、「だらしない格好はやめなさい。きちんとズボンの中にシャツを入れなさい」と、こっぴどく叱られた。

大人になった今でも、シャツの裾をパンツの外に出すことがほとんどないのは、こんなふうに母にしつけをされてきたからだ。それがあたりまえというか、シャツの裾を外に出すという発想すらないというのが正直なところ。

だからかもしれないが、大人の男性が、パンツの外にシャツを出しているのを見ると、こっぴどく叱りたくなる。「だらしない格好はやめなさい。きちんとズボンの中にシャツを入れなさい」と。

いわゆる、ベーシックなデザインのシャツの裾を、ひらひらとパンツの外に出すのは、やっぱりもってのほかだ。

なぜ、シャツの裾を外に出すスタイルが生まれたかというと、こうしなければいけないという常識的な身だしなみに対する、若者のアンチな姿勢からだと思っている。

僕の持論は、一九九〇年代はじめのスケートボードカルチャーにおいてファッションとして認知された、という説だ。いわゆるスケーターファッションは、第二のパンクファッションとも言われている。

では、スケーターファッションとは何か。僕は「非常識」ではないかと思っている。

でも、今は、それを自己表現とする世代も、カルチャーもある。確かにかっこいい。かつての非常識は、時代の流れとともに「ソフト非常識」となった。

その象徴が、シャツの裾をパンツの外に出すという、現在のカジュアルスタイルではなかろうか。うーむ。

心の作法

夜、ベッドに入ったときに、習慣になっていることのひとつは、先に述べたとおり、あらゆるモノやこと、人、家族など、思いつくかぎりすべてに、手を合わせて感謝をすること。

ベッドの中で「今日も一日ありがとうございました」と言葉にすること。

毎日の暮らしや仕事の中で、「こうしたい、ああしたい」、「これと、あれを、守りたい」と思って、大切にしていることはいくつもあるが、それらは理想や願望でもあり、できたりできなかったり、試行錯誤であったりする。

いやなことがあった一日でも、つらくて涙した一日でも、すべてを含めて「ありがとう、いつもありがとう」と言葉にしない日はない。

「ありがとう」という言葉は、心の作法そのものを表していると思う。だから、自分にとってのスタンダードとかベーシックを考えたとき、まずいちばんに思い浮かぶのが、「ありがとう」なのだ。

そして、ふたつめの習慣は、「はじめてのこころ」。これも僕にとってのスタンダードでありベーシックだ。

とにかく大事なのは、毎日、何事に対しても、うきうき、わくわく、どきどき、一生懸命な、初心者でいることです。そういう暮らし方と働き方、歩み方をしたい。

スタンダードとかベーシックというのは、ひとつの知恵だと思っている。

知恵とは一体何だろう。

知恵とは、どんなことでも受け入れて、いつも、素直な目で、観察できるように待機していることだと思う。

だからこそ、しあわせなことや、すてきなモノ、素晴らしい発見との出会いがあるのです。

お墓参りが好きなわけ

お墓参りが好きだというと、よく人に笑われる。

幸いにも、夫婦のお墓がそれぞれ東京の郊外にあるので、車で一日かけてまわれば、共にお墓参りができる。

お墓参りには、お墓の掃除道具、線香、お供え花、お寺さんへの心付けを用意する。お供え花は、前日に好みのアレンジを花屋にしてもらったものを持っていく。お寺さんへの心付けは、季節のお菓子と、ほんのわずかの金額を包んでいく。包むといえお金は新札を用意する。

そう考えてみると、お墓参りの準備というのは、なかなか大変だが、お墓参りが好きなわが家にとっては、ちょっとした遠足の用意をするような気分で苦ではない。

東京のお盆は早いから七月だ。

雑草を抜き、散らばった木の葉などを拾って、お墓のまわりをきれいにする。墓石を隅々まで水でていねいに洗う。

家族全員が黙々と身体を動かす。

炎天下の中、麦わら帽子を被《かぶ》って、地面に膝をついて、そんなふうに、せっせとお墓をきれいにしていると、額や首筋から汗が玉のように落ちる。

お供え花を活《い》けて、線香に火をつけて、線香皿に置く。

手を合わせて、日々の感謝をお祈りする。

夫婦のお墓参りを終えると、朝早く出かけて、いつしか夕方になっている。

そんな日の景色はいつもよりも美しく見える。

お墓参りをした後は、普段なかなか感じることができない清らかな気持ちで満たされていく。

お墓参りっていいなとつくづく思う。

ありがとう、という気持ちをあらわす一日だから。

睡眠の姿勢

健康管理はどんなふうに？　と聞かれたら、最低でも七時間の健やかな睡眠と答えている。そのために、こだわりの枕やマットを新調したり、肌ざわりの良いベッドリネンを選んだりして、中高年ならではの、ささやかなぜいたくを楽しんでいる。

そこでだ。健やかな睡眠、と言うからには、寝具以外に、もっと大切なことはないだろうかと考えてみた。すると、睡眠時の姿勢というか、寝返りについて気になることがあった。

睡眠時の姿勢は、誰でも癖があるだろう。僕は右向きで、少しうつぶせぎみが基本姿勢だ。そして、気になる寝返りは、昔（というか若い頃）に比べて回数が確実に減っている。気のせいかもしれないが、眠った姿勢のまま起きるような日もある。

そんなふうに寝返りをうつ回数が少ないと、身体の左右のバランスが崩れ、寝違える原因にもなるという。確かに、起床時に、肩が凝っていたり、身体の節々が痛かったりするときがある。きっとずっと同じ姿勢で寝ていたのが原因で、血流が悪くなったからに違いない。

ということで、健やかな睡眠のための正しい姿勢とは何かと考えた。そう。あおむけである。リラックスした状態で、手と足を少し広げたあおむけの姿勢で眠れば、血流が良く、呼吸も深くなり、寝返りもしやすくて、良質な睡眠が得られるという。

赤ちゃんは一晩で六〇回も寝返りをうち、体のゆがみを取るらしい。せめてその半分でも寝返りをうてるように、癖を直そうと思っている。

自分を守る一枚のメモ

新しい何かを始めるとき、心の中で、これからの自分がどうありたいかをイメージする。同時に、今までの自分はどうだったかと省みる。できたこと、できなかったこと。うれしかったこと、悲しかったこと。大小のトラブル。そんなことを思い返して、そのときのあれこれを頭に思い浮かべる。

もちろん、褒められることと褒められないことが両方あっただろう。恥ずかしいことや、他人に言えないこともあっただろう。しかし、そういうことを、ちょっと立ち止まって、自分の心の中でだけでも、明らかにしておくと気分がすっきりして楽になる。

ビジネスの世界には、ＰＤＣＡというスキルがある。プラン、実行、チェック、改善というサイクルを繰り返すことだが、それを自分の成長にも当てはめてみる。ここで大切なのは、チェックと改善である。

僕は一枚の紙に、自分が大切にしたいこと、こうありたいと思うこと、学びたいこと、注意したいことなど、要するに、それまでの自分が気づいたささやかな知恵を箇条書きのメモにして、何かを新しく始めようとしている自分にプレゼントをする。そう、改善のためである。

この習慣は一〇年以上続けているから、僕の場合、すでに書き記したメモがあり、それに新たな気づきを足したり、または削ったりして、その都度、更新している。

学生の頃、便箋に手紙を書いて、封筒を使わず、折り紙を折るようにして小さく畳んだ記憶は誰しもあるだろう。僕は新しくしたメモは、そのときの折り方を思い出して小さく畳み、手帳にお守りとしてはさんでおく。いわばこれは、自分のために、自分で作るお守りのようである。

お守りを買うのではなく、自分で作るというのはなかなかうれしいことだ。

ちなみに僕はこんなことを箇条書きしている。参考のために少し書いてみよう。

・急がない、求めない、怒らない
・よく休みよく遊ぶ
・早寝早起き
・はっきり伝える
・文句は後回し
・約束を守る
・いつも感謝
・欲張らない
・言葉を慎む
・いつも笑顔
・先に与える
・もっと素直に

・今日もていねいに
・知らんぷりしない
・楽しむ工夫
・もっと親切に
などなど。

当たり前のことが多くて、他人に見られると恥ずかしいことばかりである。しかし、成長とは、当たり前のことの精度を高めることであり、当たり前のことができた上での、新しい気づきや、新しいチャレンジなのだろう。

たとえば、くじけてしまうことが、一年の中には時折ある。そういうときに、このお守りを開いてみる。すると、どれかひとつができていなかったことに気づいたり、解決してくれるアドバイスが潜んでいたりする。こんなふうに、メモは、何かあったときに、しっかりと自分を助けてくれる存在として心強いのだ。

話は戻るが、暮らしにおいても仕事においても、プランと実行に没頭してしまうとチェックと改善を怠りがちになる。新しいことを始めるということは、必ずそこに改善という燃料が必要である。

メモは改善案でありお守りである。それはきっとみなさんのちからになるだろう。そのメモは、迷った自分を正しい道に導いてくれる地図にもなるだろう。

第2章

学校では教えてくれなかった大事なこと

失敗について考える

失敗という言葉は嫌いではない。

失敗を好む人などいないと思うが、失敗という文字を前にして、嫌いかといえばそうではなく、ならば好きかといえば首を縦にも横にも動かせない。ただじっとその文字を見つめようとする自分がいる。嫌いでなければ、その心境はなにかといえば、失敗という結果を、ここはひとつ大きな深呼吸でもして、いとおしみたいというのが本当かもしれない。

失敗は成功のもと。幼い頃、大人の誰かに、いつまでもくよくよするな、という意味で言われた覚えがある。しかし、そのとき僕はそんなふうに素直に捉えられず、失敗がなぜ、成功のもとになるのだろうかと真剣に考えた。失敗が成功のもとならば、その失敗と成功の関係は何かと思いをめぐらせた。

重要なのは、失敗と間違いの違いである。

失敗は、しそこなうこと、やりそこなうこと。

間違いは、しくじる、過失とある。

あくまでも僕の解釈であるが、失敗とは無意識のものであり、悪意はなく、ある意味、防ぎようがないこと。間違いは、意識的なものであり、悪意はなくとも防ぐことは可能であったこと。であるから、失敗とは起きること、間違いとは犯すこと、と分けて考えていいだろう。

失敗には、希望や将来が感じられるけれども、間違いには、自分自身を省みる意識を強く要するように感じる。起きてしまいました、と、犯してしまいました、の違いはとても大きい。失敗の根には計り知れない前向きなチャレンジがあるが、間違いの根にはどうも前向きなものは見つからない。

要するに、失敗には、ひとつも罪らしきものはない。とはいえ、間違いを犯すことも、人間である証でもあるから嫌悪はしたくない。

日々の暮らしのなかで起こり得る、自分自身の行動のひとつの結果を、失敗と捉えるか、間違いと捉えるかで、その次のステップの踏み方は違うはずであり、先に見えてくる景色も大きく違ってくる。

大失敗であれば、ステップの踏み方によっては、その先に大成功が控えているだろうし、大間違いであれば、自分のなかの何かしらの大きな欠点、もしくは自己中心的なもの、怠惰的なもの、欲望的なものといった内面的な要素が起因であるから、自身を見つめ直すチャンスとなる。

失敗とは、それで起きる一時的なリスクはあるだろうけれど、決して無駄なことでなく、かえって喜ばしいことと考えたい。そう、失敗とはチャンス。失敗こそが物事のスタートであるとはっきりと言い切りたい。

しかし、おおよその人は、失敗の本質を見極めようとしないから、失敗した段階で、あきらめるか、止めるか、否定するかで中絶させてしまう。せっかく物事を動かしたのに、ひとつやふたつの結果だけで止めてしまうという、これこそ、もったいないこと、をしている場合が多い。いかにして、日々の失敗を拾って、活かしていくかによって、僕たちの暮らしと仕事、人生は培われていくのだ。

であるのにかかわらず、失敗を目にして、まずは他人事《ひとごと》のように馬鹿にして、文句をつけ、損をした、ああだこうだと、わかったつもりのことを言う人のなんと多いことよ。そういう人は、えらいからひとつも失敗はしない。しかも、失敗をしないから賢いと勘違いしているから手に負えない。失敗をしない大人ほど、役立たずはいないとさえ僕は言いたい。

失敗をしないということは、何ひとつチャレンジをしていないということに気がつかなくてはいけない。そんな人の行動は、すべて他を真似したことか、古い習慣、保守的で固い頭脳によるもの、もしくは同じことの繰り返しである。そりゃあ、失敗しません。しかし、いってみれば、そのくらい暮らしや仕事や人生に、怠惰な精神はありません。失敗をしないということは、何にもしていないことと同じである。失敗をしないということは人間的でもないということでもある。

成功の反対は失敗ではない。何もしなかったということ。この言葉に何度励まされただろう。失敗とは、勇気の表れであり、チャレンジをした証である。よって、たくさん失敗して、たくさんのことを学び、たくさん成功をしていけばいいのだ。僕の知るところ、何かしらで成功という結果を出している人ほど、話を聞くと、その失敗の数は尋常ではなくて驚かされる。

ある人はこう言った。一の成功には、一〇〇の失敗が隠れている、と。

ここにこそ、失敗は成功の母、という言葉の原理がしっかりと見て取れる。ある結果が出たとき、それを失敗であったと捉えるか、間違いであったと捉えるか、それを見極めることがいかに重要かを知っておきたい。

どんな困難に出合っても、失敗を恐れるような臆病者になってはいけない。どんなことでもやってこい、全部受け取ってやるという気持ちで、事をさばいていけば、困難であればあるほど、面白いくらいに面白さが生まれるものである。そして、いつしか物事はきれいに解決してしまうものである。

難しかろうが、簡単だろうが、そんな事は考えずに、やろうと思ったことはあきらめずに実行するのみである。どうしようか、こうしようかと思案ばかりしていたら、ひとつも前には進まない。腹をくくれば、大抵のことは動くという言葉はほんとうだ。そういった気持ちが強ければ、障害であった相手や物事も、あきれて味方になってしまうものである。

実を言うと僕は、二十代半ばから現在に至って、失敗ノートというものをつけている。それは今や一三冊にもなっている。

成功したことを忘れてしまっても、失敗したことだけは忘れたくないと思って、長年飽きずにつけ続けている。

その失敗ノートだが、時が経ってからよく見てみると、そのときは失敗と思ったことでも、間違いであったと改めなくてはいけない発見が多々あるから愉快になる。失敗ノートには、一見、失敗に見える間違いが、たくさん混ざっているということだ。

それがわかったときは、赤面どころか、冷水をかぶったような気持ちになって青くなる。しかし、ちょっとうれしい気にもなる。

要するに、人間とは、失敗もするし、間違いも犯すということである。それを見極めて、次に何をするべきなのか、何を考えるべきなのか、何を正すべきなのかを、知ることが大切なのだ。

たくさんの失敗の中からたくさんの間違いを探すには、心に素直さがなくてはならない。人はいつでも自分を正当化したいからである。

さらに、冷静になって自分を見つめるには、なによりも正直な気持ちがなくてはならない。そして、失敗の中から間違いを探すことにすら、失敗と間違いがあるということも忘れてはいけない。

そして、人とは、美しいものと、美しくないものが同居していてこそ本当であるから、失敗を美しいとするならば、間違いという美しくないものも、自分の中には当然あって然《しか》りである。

そういういろいろを受け入れて、調和させることができれば、暮らしも仕事も人生も、美しく、しあわせでなかろうか。失敗には失敗の真実があり、間違いには間違いの真実がある。それを日々の糧にして生きていきたい。

失敗こそが、成功のひとつのプロセスであることは、暮らしにまつわるすべてにいえることである。これからも僕は、失敗と間違いを繰り返すだろうし、失敗を支える勇気とチャレンジ精神、間違いを正す素直な気持ちを失いたくないと心している。

僕は自分の名前を「松浦失敗」と変えてもよいとさえ思っているこの頃である。

壊れたら　直せばいい

　どんなものに惹《ひ》かれるかと聞かれたら、「何から何まで、人の手で作られたもの」と答えている。そして、「なぜなら、人の手で作られたものであれば、壊れても人の手で、必ず直せるから」とも。

　どんなものでもそうだが、人の手で作られたなら尚更《なおさら》で、壊れないという完璧なものなどありえない。だから壊れても決してひるむことなく、直しましょうとなる。

　そんなふうに、壊れたら直すことを繰り返していくうちに、ものとの関係がだんだんと深まっていく。絆という、しあわせがある。

　人間関係もそうだ。けんかを繰り返していくうちに、互いを深く知り合うことになり、いつしか離れられない仲の良い間柄になっていくように。とすると、何事も修復するという心持ちがとても大切なような気がしてならない。

壊れたら捨てるとか、壊れたらそのままにするとかは、もってのほか。自分自身も含めて、あらゆるものすべてが壊れるのは当然だから、その都度しっかり修復に励むというのが、大げさなようだが、僕らの人生そのものではなかろうか。

だからこそ、どれだけたくさんの修復方法を知っているか。どれだけたくさんの修復経験があるかに、日々を学びながら生きている僕らの真価が問われるのではなかろうか。

亡くなった父がこんなことを言っていた。「どんなものでも壊れて直せないものはないから、修復をあきらめないことだ。もし壊れたら直せないと思うものには、手を出さないことだ」と。

なるほどなあ。さあ、今日は何を修復しようかな。

友だちと呼べる本がある人生

僕は本が好きだ。しかし読書家であるかと訊《き》かれると困ってしまう。毎日読書をするわけではなく、自宅に蔵書を揃《そろ》える楽しみもない。しいていえば、ベッドサイドになじみの本を数冊置いておき、眠る前にほんの数ページを開くだけ。もしくは旅行の際に、これまたなじみの本を数冊持っていくが、旅中一度もページを開かないときさえある。

しかし、そういったなじみの本が、どんなにすてきで、おもしろくて、僕にとって大切なのかを訊かれたら、それこそ大好きな人の話をするように、一晩あっても足りないくらいに話し続けるだろう。そう、なじみの本とは、まさに友だちと呼べる本である。

人生において、一〇〇人の友だちと広く浅く付き合うより、一〇人の友だちと深く付き合うほうがいい。それは本に対しても同じで、一〇〇冊の本を読むよりも、一冊の本を一〇〇度読んだほうがいい。

一〇〇度でも読みたいと思える一冊との出会いを想像してほしい。そして、その一冊と対話をするように静かな時を過ごすことを。いつか心と心が通じ合うよろこびを知ることを。目を閉じれば心の中にそんな友だちの姿が浮かんでくることを。

最近になって僕は、本が好きということは、人が好きということ。そして、読書というのは、人の話に耳を傾けることであるとわかった。

こんなふうに大人になって、僕はやっと本の読み方を知った。

友だちと呼べる本があるということは、なんてすてきなことだろうと思っている。

人間関係でも「ナイスボール」

小学二年生になったとき、少年野球のチームに入った。日曜日の朝、ユニホームを着て、練習に出かける近所のお兄さんたちに、僕はずっと憧れていた。「いつか自分も、日曜日はユニホームを着て、練習をするんだ」。そんな思いを胸に温めていた。

デパートで買ってもらったグラブとバット。ぴかぴかのユニホーム。そして、チームのイニシャルが入った野球帽。毎日、学校に野球帽を誇らしげにかぶっていった。それだけで、自分が別人になれたような気がした。

その後の野球人生(大げさかもしれないが)だが、五年生のときにリトルリーグに入部し、二年間、硬式野球の練習に励んだ。それで気が済んだのか、中学校からは柔道にはまり、自然と野球からは遠のいていった。

つい最近、会社の同僚数人と集まってキャッチボール同好会を作った。キャッチボールなんて、しばらくやっていないけれど、キャッチボールという言葉にワクワクした。ランチタイムの一時間を使って、僕らは公園でキャッチボールを楽しんだ。相手の胸に向けて、捕りやすいように投げる。少年野球の最初の練習で教わったことを思い出した。

その通りに投げると、まぐれなのか、ボールは、きれいに相手の胸に向かった。「ナイスボール！」と褒めてもらった。「ナイスボール！」は「ありがとう！」と同じ意味。そんな言葉も蘇《よみがえ》った。

よく言われるように、キャッチボールはコミュニケーションの基本。日々の人間関係でも「ナイスボール」を投げようと、心がけるようになった。

仕事とは感動を与えること

給料というのは多い人もいれば、少ない人もいる。自分の給料が多いと思う人もいれば、少ないと思う人もいるだろう。

そもそも働くことで得る給料が多いなら、その多い理由はなんだろうか。少ないなら、その少ない理由はなんだろうかと考えてみた。

その理由のひとつに、ある種の仕事の給料の額は、感動の量と比例するのではないかと思いついた。

たとえば、お笑い芸人がテレビ番組を通じて、笑いという感動をたくさんの人に与えた場合、テレビの特性として、その数の多さは尋常ではないだろう。だからこそ、人気のお笑い芸人の給料が多いのは納得できる。一瞬でも「プッ」と笑わせてくれたのなら、仕事として成立したことになる。プロのサッカー選手が、世界中の人々にその素晴らしいプレーによって感動を与えたとしたら、それこそ給料が天文学的に多いのも納得だ。

しかしながら、給料を多くもらうという仕事は、それだけたくさんの人と向き合うことになるから、何かあったときの責任も大きく、精神的な負担も大きい。となると、給料が多いというのは、決して良いことばかりでなく、その分、苦労も想像以上に大きいということだ。

仕事とは、少しでも多くの人に感動を与えることであろう。そして、少しでも多くの困っている人を、喜ばせ、助けることでもある。

とりあえず、感動した人の数が関わることは原理原則として確かであろう。

こういうことは、大人になってからやっとわかるのだが、ぜひ、子どものためにも学校で教えてもらいたい。

おそるべし母の味

毎日料理をしている。何を料理しているかというと、いわゆる家庭料理の基本といわれるものを一から順に作っている。

まずは手習いとして、いろいろな料理家や料理人のレシピを試している。そうすると、肉じゃがだけでも十数種作ることになる。

それを学びとし、自分の一番好きな味や作り方を見つけて、レシピノートに書き込んでいく作業をしている。自分のレシピがたまっていくのはうれしいものだ。

料理研究家という肩書があるけれど、なるほど、料理研究家というのは、こんなふうに、レシピや料理を研究しているからそう呼ばれるのかと納得ができた。

とはいうものの、今、僕にとって一番の料理の先生は母である。手とり足とり教えてもらうことはないけれど、料理を作ってみて、この味でよいかと確かめるときは、どうしても母の味に近いかどうかという気持ちが働く。何を料理しても、結局いつかの母の味と比べてしまう自分がいる。

つい先日、塩握りを作った。炊いたご飯を、塩を振った手で握るだけだから、料理と言っていいのかわからないが、一口食べるごとに、一体母はどんなふうに握っていたのかと、母の味との違いに驚くのだ。

しかも、どうやっても、いつかの母が握ってくれた塩握りの味が、自分では作れないのだ。大きさ、握り方、塩加減など、いろいろと試したが再現できない。

おそるべし母の味。母の料理で、僕は塩握りが一番好きだった。食べると元気が出る不思議な味だった。

時差ボケ解消の秘策は

旅行好きの友人に、時差ボケ対策はどうしているかと聞いた。すると、一日目は、どんなに眠くても、できるだけ現地時間に合わせて、食事をし、睡眠をとり、眠たくても、次の日の朝は頑張って起きる。そうすれば、二、三日で、順応できると言った。

機内での睡眠の取り方も重要だと言う。現地に朝着くなら、飛行時間の前半は起きていて、後半にしっかり寝る。現地に夜着くなら、前半にしっかり寝て、後半は起きているのがコツらしい。

ウンウンと感心していると、君だって旅行好きだろうと言われ、時差ボケ対策をどうしているかと聞かれた。

僕は、若い頃から時差ボケを感じることはあまりなかった。どこの国に行こうと、その場所の時間に合わせることができた。しかし、四十歳を過ぎてからは、急に時差ボケを強く感じるようになり、現地に着いた途端に睡魔に襲われて、しかも我慢ができず、降参するように、ホテルで眠ってしまうようになった。

だから、眠たくなったら我慢しないで眠るし、空腹ならば、何時であろうと食事をする。そうしながら二、三日かけて、じわじわと現地時間に自分を合わせていくんだ、と答えた。

二人で大笑いしたのは、どちらにしても、現地時間に順応するには二、三日かかるとわかったからだ。

友人によると、朝、太陽を見るというのが時差ボケに効くという。人間の体は、太陽を見ることで、狂ってしまった体内時計を、調整するようにできているという。それにしても二、三日はかかるらしい。

もう一度大笑いした。

文章のこと

前職でのこと。『暮しの手帖』が、言葉とは何か、と考えると、それは文章ということになる。言葉のつらなりによる文章で、いかに雑誌として伝えたいことを、読者に届けるのかを毎日考えているからだ。

『暮しの手帖』編集部では、よくこんなことを話し合っていた。

文章の上手い下手があるけれど、さて、上手い文章とはそれだけ言いたいことがしっかりと伝わる文章なのか。そしてまた、下手な文章とはそれだけ何も伝わらないのかと。

「学校で教わるような上手い文章を習得した人の文章って味気なくてつまらないと思う。確かにそこには正しい文法によって正しい内容が述べてあるかもしれないけれど、読んでいて心が動かされないんです」と、一人の編集部員が言った。

「たとえば、イギリスにおける演説では、滑らかで上手な人ほど信用されず、逆に、たどたどしくも一生懸命伝えようとして、どもったり、何度も同じ言葉を繰り返したりしても、心の込められた演説のほうが、人は耳を傾け、信用をして聞くというけれど、それと同じではないかな」と、他の編集部員が言った。

僕はいつも編集部員にこのように話していた。

「文章を書く際には、決して上手に書こうと思わないでください。文章というのは上手であれば上手であるほど伝わるものが伝わらなくなるからです。たとえば、あなたが自分より何も知らない年下の妹や弟に、少し難しいことを説明したり、見たこと聞いたことを伝えようとするとき、どのように話しますか。横に座ってやさしく話しかけるように、その様子を想像しながら文章を書いてください」

そしてこうも言った。

「すべての文章をあなたが愛する大好きな人に向けたラブレターとして書いて

ください。そう思いながら言葉を選んでください」と。

そういった心持ちを大切にしながら、それぞれが自分の言葉を使って文章を書くことによって『暮しの手帖』はでき上がっていた。


文章を書くにはコツがあるのですかとよく聞かれる。

文章を書くときにいつも意識しているのは、読んだ人が、その文章を読みながら、いかに書かれたものをビジュアル化できるかである。要するに、言葉と文章を使って、どれだけ具体的に映像を浮かばせられるかである。

たった一行の文章でも、相手の頭のなかに何かしらのビジュアルが思い浮かぶかどうかが、書き手としての腕のみせどころと思っている。

そのための下準備として、僕はこんなことを行っている。

文章が短かろうと長かろうと関係なく、紙芝居を作るのだ。

さてさてみなさん、こちらをどうぞご覧になってください。こんな話があります。

紙芝居はそんなふうに始まる。何が始まるんだろう、早く次の一枚をめくってほしいと思わせるような最初の一枚でなければいけない。その一枚には何が必要なのだろう。二枚目をめくる。実はこういうことがありまして……というように。

わあ、面白い、と思ってもらえるように紙芝居を作る。そしてまた、早く次を見たいと思ってもらえるように工夫をする。

要するに紙芝居というのは、文章を書く上でのプロット（物語の枠組み、構成）に代わるようなものだ。

自分が言葉で伝えたいことがあるなら、Ａ４サイズの紙でよいので紙芝居を作ってみて、それをまずは自分で眺めてみる。そして本当に面白いかどうかをよく考える。

たとえば、道ばたでその紙芝居をやってみたときに、子どもから大人までが足を止めてくれるかどうか。紙芝居がおもしろいと確信したら、そのまま言葉を足して文章を膨らませていけばいい。面白くなければ、紙芝居を何度でも作りなおせばいい。

すると、子どもにも大人にもわかりやすい言葉を使った文章には、何が大切なのかがよくわかるだろう。

そう、文章には、はじまりとまんなか、おわりが明確であり、具体性と、親切でていねい、そしておもしろさが必要なのだ。

言葉とは、そして文章とは。

いかに賢くならず、いかに上手にならないようにと心掛けることが、僕にとって最も大切なことである。

文章を書いた後に、必ず確認することがある。

それは文章を声に出して読んでみることだ。先に述べたように、あたかも隣に座っている誰かに話しかけるように読んでみる。リズムは心地良いだろうか。使う言葉は不親切ではないだろうか。説明に過不足はないだろうか。話しながらも自分が相手の気持ちになって、聞く意識も持つことだ。そうすると、直すべきところが必ずわかる。

最後に参考として、花森安治が残した実用文十訓を記しておきたい。

一、やさしい言葉で書く。
二、外来語を避ける。
三、目に見えるように表現する。
四、短く書く。
五、余韻を残す。
六、大事なことは繰り返す。
七、頭でなく、心に訴える。
八、説得しようとしない（理詰めで話をすすめない）。
九、自己満足をしない。
十、一人のために書く。

チャンスをつかむ「即答力」

二十歳の頃。ニューヨークで、ビンテージマガジンやアートブックの売買をしていたとき、デザイナーやクリエイターたちが、それらを自分たちのアイデアソースにしていることを、ひとつも隠さずに公言していたことに心を動かされた。

何かを生んでいる場所に行けば、誰もがアイデアソースを探していて、それを仕事や表現に生かしていた。ゼロから始めるのではなく、一から始めること。誰よりも早く、その一を見つけるのが才能であるともいわれていた。

日本では、何かを真似をするという行為を、もし誰かに気づかれたら、アイデアを盗んだとか、パクったとかいわれるから、日本のデザイナーやクリエイターはネタがあることを決して言わなかった。しかも、一般の人は外国の素晴らしい作品やアイデアなど知る由もないから、何を見てもすべてがオリジナルだと思い込んでいた。僕はビンテージマガジンや古いビジュアルブックの中から、過去、日本において名作と言われている広告やデザイン、ファッションなどの元ネタをこの目でいくつも見つけた。なんだ、あの作品はこれを真似したものだったんだ、とがっかりした。そして、その当時、ひどいと思った。

欧米では「私はこれにインスピレーションを受けてアイデアソースにしました」と、必ず公言し、自分の情報源に対して、深いリスペクトの念を捧げ、それを表現のきっかけや元ネタにしながらも、それ以上のクオリティのクリエイションをすることで、できるかぎりの感謝の意を示すことを、クリエイターとしてのひとつの誇りにしていた。

「ゼロから何かを生み出すことなんて難しい。だって毎回、もしくは毎シーズンのことですもの。私は必死になって、砂浜から針を探すように古い雑誌や本を見ているわ。それで何か見つけたら感謝し、それ以上の表現に努める。それ以下になってしまったらただの真似になってしまうから。そして私はそれを隠さない。隠すってことは罪を感じているってことでしょ。私にもプライドがある。泥棒といわれたくないもの。私はこれからインスピレーションを受けて、仕事に使ったということは、ひとつも恥ずかしいことではないわ」と、顧客であった、あるファッションデザイナーは僕にこう言った。

素晴らしいと思った。

僕らは常に何かの真似を繰り返しているのだけれど、真似のままではなく、一歩もしくは二歩でも、そこに進化を加えることで、実はオリジナルになると知るべきである。真似をすることは素晴らしいことだ。しかし、真似の先には、もうこれ以上、真似ができないという壁に必ず突き当たる。

そこで終わりにせず、その壁を突き破るために、自分ならではの個性を発揮する。真似を真似で終わらせないチャレンジとでもいおうか。

そうすると、真似がジャンプ台になって大きな学びとなり、必ず何かしらのオリジナルが生まれる。僕はこの原理原則をアメリカにおいてクリエイターへ本を売りながら学んだ。

オリジナルであるとか、そうでないとか、この時代において今更、意味はないだろう。自分が見つけた何か、それ自体のほとんどが、いやすべてが、別の何かという元ネタが必ずあって生まれているからだ。どんなものだって種があって芽が出ているのである。ピカソだって、マチスだって、ベートーベンだって、バッハだって、みんなそうなのだ。

少し前までは、若さゆえに、シェアという言葉に実感がなかったけれども、今はまさにシェアという、その言葉のちからというか、素晴らしさを僕はかみしめている。情報源は隠すものではなくシェアするもの。シェアというのは感謝のひとつの態度である。よく知っている者は、ちょっと知っている者に場所を譲るべきだ。そして、ちょっと知っている者は、知らない者に場所を譲るべきなのである。僕は今、この考えをあらゆる行動で示したいと思っている。

たとえば、僕が書いているものも、すべて僕だけのものではない。僕が誰かの真似をしたり、それによって経験したり、何かから影響を受け、学んだことばかりだ。一言だけ言えるとしたら、決してどこかから盗んできたものではないということだ。自分のちからで見つけ、誰かに与えられたものなのだ。だから、僕の本を読んでくれた人が、それを仕事に生かしたり、真似をしたり、それを使って何かを得たりすることは、僕にとって、そしてその元の何かにとって、とても喜ばしいことであり、その循環によって、自分が生かされているとも言えるのだ。

よく思い出してほしい。今まで自分に起きた数々の幸運のことを。それは空から突然降ってきたり、ぽろっと道に落ちていたわけでもなく、いつも必ず、誰かという人が、自分に届けてくれたことばかりだろう。与えてくれたことばかりだろう。

要するに、自分を助けてくれたのは、いや、助けてくれるのは、いつも誰かという人だったということだ。そこでわかるのは、何ひとつ自分ひとりでできたことなんて実はないってことだ。

こんなふうに、仕事や暮らしというのは、いつも人と人がつながっている輪によって成り立っていることを忘れてはいけない。その輪のかたちをどんなふうにするかは自分次第である。

僕はいつもいつもこんなふうに考えている。輪の一部である自分が、美しさ、力強さ、しなやかさ、やさしさ、正直さ、誠実さ、学び、感謝というつながりの中で、きれいな輪のかたちに役立っているのだろうかと。

もし僕にプライドがあるのならば、それは自分が何かしらの輪の一部であるということに、だ。どんな境遇、どんな仕事、どんな暮らしであっても、みんな誰しも輪の一部である、いや、輪の一部であると自覚するべきだと僕は言いたい。そういう態度で、今日も明日も明後日も僕らは生きていきたい。そして、みんないつもありがとう、と言いたい。

本当の豊かさ、そして、しあわせとは、何かをたくさん持っているとか、裕福であるとか、何もかもが満たされることではなく、生身の人と深くつながることである。手と手を取り合うことである。

二〇一三年に上梓した『即答力』は、僕から世界にむけた感謝の行為のひとつである。アメリカで学んだことで、一番大きなことは何か、と問われたら、僕は「即答」することと答えるだろう。

「即答」とは、聞かれたことについて、やみくもに早く答えればいいということではない。仕事や暮らしにおいて、チャンスというのは日々、人や、出来事や、そのときの環境から自分に与えられている。

しかし、チャンスは、自分の目の前に留まってはくれず、現れたと思ったら、あっという間に通り過ぎてゆく。「即答」とは、そのチャンスを逃がさないための心持ちであり、知恵であり、感謝の姿勢でもある。

チャンスをつかみたいなら「即答」しかない。「即答」によってチャンスをつかみ、小さな成功を積み重ねていくことで、大きなチャンスが現れるというのも、アメリカにおける実体験によって知ったことだ。その方法を学ぶために、僕はとても長い時間がかかった。そのおかげで今は「即答」が自分の基本の姿勢となった。

「即答」は、これからの時代を生き抜く強い武器になるとも思っている。

美しさとは

美しさとは何か。

ぱっと見て、美しいと感じるもの、もしくは、美しいとわかるものは、ほんとうの美しさではないと思っています。なぜなら、美しさとは、自ずから心の眼を精いっぱいにはたらかせて探すものであり、その上で、やっと見つけられるものだと思っているからです。

美しさとは、待っていればどこかからやってくるものではないということです。ですから、美しいものは、そう簡単に見つけられるものではないことだけは確かなのです。

けれども、ぱっと見て、美しい、もしくはかわいい、すてき、と感じさせる、表面的な美しいもどきの仕掛けが、今の世の中にどんなに多いことか。多いからこそ、自分で、苦労して探す、時間をかけて見つける、わかるまであきらめない、という心持ちを多くの人が失ってしまっているのも本当です。

では、美しさとはなんでしょう。きれいなもの、と答えたら、では、きれいなものとはなんでしょう。なぜ、きれいなのでしょうと問うて、さてどう答えますか。

美しさの答えは、人それぞれにあるかと思いますが、僕はこんなふうに言葉にします。

美しさとは、親切と真心、そして工夫のあらわれです。それらは人が人を一所懸命に思う心そのものです。人が人というのは、誰かが誰かをでもありますし、自分が自分をということでもあるでしょう。そういう姿勢や働き、夢中の果てに、ほわっとまばゆく輝くひかりのような。目に見えない、けれども、あたたかくて、やわらかで、限りなく安心する確かな喜び、そして深い悲しみのような。今の自分を助けてくれる大きなやさしさのような。

だからこそ、美しさは、ぱっと目に入ってすぐにわかるものではなく、自分で見つけにいって、心から喜んだり、心から悲しんで感じるその何かであり、その自分で見つけた美しさは、どんなに時が経っても決して忘れることはなく、時が経てば経つほどに、その美しさはいつまでも自分の心の中に、いのちとなって有り続けるのです。

最後にもう一度。美しさとは、誰かに与えられるものではなく、自分で見つけにいくこと。そして、自分の心で生み出すものなのです。

自然界にずっとあるものの美しさ。それについて僕は語ることができません。

母も父性を　父も母性を

母性という言葉を、たまに耳にしたり、読んだりする。ある日、そんな母性とは一体何かと考えてみた。ぱっと答えられる人はどのくらいいるのかな。

母性とは、家庭の中で、子どもや家族を、あたたかい心で受け止め、理解し、どんなことも認める力だという。いわば、安らぎの元というか、何かあっても心の拠《よ》り所《どころ》になる存在とでも言おうか。見守ってもらえているという安心感を与える力でもある。

まさに、母親のやさしさ、あたたかさ、愛情である。

母性があれば父性もある。さて、父性については、なかなかわかりにくい。

父性とは、子どもに対して、いろいろな規律、約束、努力、姿勢などを教えていく力だという。大人へと成長していくために必要な、マナーと心がけという、しつけに近いものではなかろうか。

母性がやさしさであれば、父性は厳しさである。

この母性と父性が、バランスよく子どもに働きかけることが大事であるけれど、どちらかというと、母性のほうが子どもには絶対的に必要である。確かにそうだ。どんな子どもも、母性に依存して成長していくからだ。そして、母性で育ち、父性で学ぶという順序が、大切なポイントのようだ。要するに、母性愛をたっぷりと十分に受けて育つことが先で、その後に、生きていくための最低限のルールを父性愛で身につけていく。

たとえ一人親の家庭であっても、その両面を子どもに与えながら育児をすることは可能であるという。

母も父性を。父も母性を。

とても大切なことに、僕は今になって気づいた。

夏風邪にご注意

昔から夏風邪は長引くからやっかい、と言われている。

ここ数日、せきが止まらないのは、そんな夏風邪にかかったのかもしれないと思った。夏風邪は喉とお腹《なか》にくるらしい。そのうちに治ると高をくくっていたら、途端に声が出なくなった。

なるほど。やっかいというのはこのことか。早めに病院に行かなかったことを悔やんだ。「まいったな」と頭をかいた。

このところ夏は猛暑が続き、冷房の効いた部屋に居続けるので体が冷えて免疫力も落ちる。同時に、自律神経が乱れて体温の調節がうまくできなくなる。そんな日々の中、忙しく仕事をして疲れもたまったとき、湿気と暑さを好む夏風邪のウイルスが体に入り込んでくる。ああ、こわいこわい。

病院に行って、喉の奥を見てもらうと「ああ、夏風邪ですね。軽いせきぜんそくです」と言われ、薬をもらって帰った。

幸いにも熱が出ず、お腹も調子が良いから仕事を休むことはないが、せきは、とかくまわりの人に迷惑をかけるので、マスクをして過ごしていた。

そんな夏風邪のせいで、すっかりしょげていると、「神様が少し休みなさいと言っているのよ」と、家人に言われた。そういえば、今年に入ってから、休みらしい休みをしばらくとっていなかった。
四十、五十は働き盛りとも言われる。若いつもりで働きすぎると、夏風邪というイエローカードをもらうのかと反省をした。結局、一週間仕事を休むことにして、日々、熱いお茶をすすって過ごした。
みなさんも、くれぐれもご注意を。

「朝昼晩」があるサイト

出版業界からＩＴ業界に転身し、「くらしのきほん」という、暮らしにまつわる知恵と実用を発信するメディアを、二〇一六年の夏にスタートさせた。ウェブメディアを開発するにあたって、最初に思いついたことがある。それは、インターネット上に時間軸を作ることだ。

インターネットというのはさまざまなコンテンツやサービスを発信しているけれど、サイトを覗《のぞ》けば、昼夜関係なく、同じ見え方になっている。要するに、そこには時間という観念がないのだ。僕たちの暮らしは、朝、昼、夜という時間軸によってリズムが作られている。その時間軸を、ウェブメディアに取り入れることを試みた。

最初に行ったのは、朝五時に「おはよう」。正午に「こんにちは」。夜八時に「おやすみなさい」と、ちょっとしたエッセーのようなメッセージをトップ画面に掲載したことだ。これによって、読者は一日に三回サイトを覗くことで、「ああ、朝だな」「昼になった」「もう夜か」と、いわば時計を見るような体験が得られる。このサービスが好評となり、「くらしのきほん」を訪れる人は増えた。さらに、夜八時になると、サイト全体の背景の色を白からネイビーに変えるようにした。皆、夜には目が疲れているだろうという配慮だ。

最近は「泣きたくなったあなたへ」という夜八時からの限定の読み物をスタートした。朝五時には消えるコンテンツだ。これもとても好評で、大きな手応えがあった。

夜に読みたいものと朝に読みたいものは違うという新しい発見があった。

ネットで伝える心がけ

二〇一六年、インターネット上で、「わたしのきほん」という投稿サービスをスタートさせた。

当初は、僕自身が大切にしている心がけであったり、お守りのようにしている自分のルールであったり、祖父母や両親からこうしなさいと教えられたことなどを、日めくりの標語のように、サイト上で書き綴《つづ》っていたのを、新たに、多くの人にも投稿してもらうようにしたのだ。

きっかけは、知人のおばあちゃんの言葉だった。

「私は九十歳になるけれど、これまで生きてきた中で、しあわせになるために、これは絶対に大切だと確かめてきた心持ちがいくつかあるの。それを元気なうちに、子どもや孫に残していきたいのだけど、お説教みたいになりそうで嫌なの。だから、そっとインターネット上に残しておいて、いつか子どもや孫が、何かに悩んだり、つらくなったときに、ふと見てもらえるようにできないかしら。たくさんの人にも役に立てたらうれしいわ。困ったときに封を開けてもらいたい、おばあちゃんからの手紙のようなものかしら」

そんな経緯があり、誰でも投稿できるサービスをスタートしたところ、こんなにたくさんの人が、それぞれに生きる知恵や、しあわせになるための心がけを持っているのかと驚いた。毎日、老若男女問わず、たくさんの言葉が投稿されている。それを読むと、世知辛い時代とは言え、この世の中、まだまだ捨てたもんじゃないと感動してしまう。

人は人に助けられ、人に学び、人と生きていく。なんて素晴らしいことだろう。

新しい技術を生かすべき何かが垣間見られた仕事だった。

アメリカンクラシック

夏の間、友だちに借りていたニューヨーク州のアップステートの別荘から、マサチューセッツ州のセーレムへ車で向かっていた。

その途中、八四号線沿いにあったカウンターのみの小さな食堂に入った。中に入るとラジオからカントリーミュージックが流れていた。僕はアメリカ全土で減りつつある、こんな昔ながらの食堂が大好きで、ドライブ途中に見つけると立ち寄らずにはいられない。アメリカの映画や小説によく出てくる、いわゆるアメリカンダイナーである。

店に客は一人もいなかった。使い古されたメニューのなかに「Fr, Fr, Pot, MAYO」と書いてあるのを見て、えっとたしかこれは、昔、雑誌「The New

Yorker」のコラムで読んだ、フレンチフライをマヨネーズにつけて食べるやつだと思い出した。

こんなふうに、いつか文章で読んだ、ほんの些細なアメリカ的なことに、旅の道中で出くわすとうれしくなる。強い憧れだったものが経験となり自分だけのストーリーになるからだ。コラムでは、フレンチフライには、トマトケチャップではなく、マヨネーズをつけるのが東海岸風であり、プレッピースタイルであると綴ってあった。

僕は「Fr, Fr, Pot, MAYO」と、一ドルのコーヒーを注文した。たった一人で働く愛想のよいウエイトレスの女の子は、微笑みを浮かべてうなずいた。赤毛の美しい甘いチョコレートのような香りをした女の子だった。

この店のマヨネーズがあまりにおいしいので「このマヨは自家製?」と聞くと、「そうよ、おいしいでしょ」と女の子は答えた。ふと足元を見ると女の子はニューバランスを履いていた。左の薬指の指輪が真新しいので新婚さんかもしれない。

胸のボタンをふたつ外した白のオックスフォードのボタンダウンシャツに、

同じく白のキュロットパンツ、上質なコットンリブの白いソックスに、グレイのニューバランス990がとても似合っていた。赤い髪に、上から下まで白で統一されたトラッドな着こなしがまぶしいほどすてきで、しかもグレイのニューバランスがほどよくアクセントになっていた。

「やっぱり白いソックスにニューバランスはよく合うね」と褒めると、「ニューバランスといえば白いソックスよ。これがアメリカンクラシックのルール」と、女の子は言った。

「アメリカンクラシック?」と聞くと。「そう、アメリカンクラシック。ニューバランスこそアメリカンクラシックよ」

女の子は、まるで自分の友だちのように、履いているニューバランスを僕に自慢した。

僕は立ち寄ったボストンで、上質な白いコットンリブのソックスと、ニューバランス990を買って帰った。サイズは6だから自分用ではない。

店の名も忘れてしまったあの絵葉書のようにノスタルジックな食堂で出会った女の子が履くニューバランスが、目に焼きついて離れなかったからかもしれない。

　僕はあんなふうにニューバランスを、自分の好きな人に履いてもらいたいと思った。

　上質な白いコットンリブのソックスにニューバランス。そんなリッチで、カジュアルなアメリカンクラシックが、僕は大好きだったんだと今更気がついた。

僕のしあわせの時間

しあわせを感じるとき。それは人と深くつながることができたとき。

仲良くなりたいなあ。いろんなことを心置きなく話がしたいなあと思っていた人と、何かがきっかけで、とても親身な話ができて、もしかしてそれは自分だけの思い違いかもしれないけれど、ほんの一瞬でも、心と心が通じ合う気持ちを持てたとき、なんとも言えないしあわせを感じます。

そして、もうひとつ。人間関係において、壊れてしまった関係を修復できたときです。決して簡単ではありませんが、修復というしあわせはあると思う。

感謝とともにしあわせを噛《か》みしめるのです。

僕のしあわせの時間です。

第3章

自分の「舌」を信じる

素朴な味　肥えた舌戻す

東京はグルメ王国のようだ。世界中のおいしい料理や人気のレストランが、次から次へと進出している。

かつて僕らは、本場の料理を食べたいがために、かの地を訪れ、苦労の末に念願の一皿にありついたものだ。たとえば、ナポリのピッツアであったり、パリのガレットであったりと。

先日、アメリカで人気のハンバーガー専門店の前を通った。普段は長蛇の列なのだが、その日に限っては一〇人ほどしか並んでいなかった。これはチャンスと思い、試しに並んで買って食べてみた。チーズバーガーを食べると、確かにおいしかった。

このとき、ふと思った。こういった外国のグルメのおいしさを知ってしまうと、それまでの自分にとっての「おいしい」が「おいしくない」になりそうだと。少し怖くなった。それまで抱いていたハンバーガーのおいしさが、いとも簡単にひっくり返されてしまったからだ。

人はこんなふうにして、おいしいの水準が上がって、舌がどんどん肥えていくのだろうか。

八百屋に行くと、おいしそうなミョウガが並んでいたので買って帰った。千切りにしてしょう油とみりん、砂糖で味付けして、ショウガと一緒に煮込んで、つくだ煮にして食べた。実においしかった。懐かしい味とでも言おうか。

このとき、「あ、自分の舌が戻った」と思った。つくだ煮の素朴なおいしさで、大人になって作られたグルメな舌が、子どもの頃のまっさらな舌になった。懐かしい料理を食べると、肥えた舌は元に戻るとはじめて知った。

好物ばかり　おいしいお弁当

友人の料理家に、おいしいお弁当のコツは何かと聞いてみた。果たして、お弁当をおいしくするコツなどあるのかと、ふと思ったからだ。

すると、悩むことなく、こんな答えが返ってきた。「食べる人の好きなものだけを入れてあげること」

うーん、なるほどなぁーと、深く納得した。確かにその通りだ。当たり前だけど、そんなふうに改めて言葉にしてみると、ちょっと泣きそうなくらいに感動を覚える。

最初に食べたお弁当の記憶を辿《たど》ってみた。それは確か、幼稚園のときの遠足だった。眩《まぶ》しいくらいに日が当たった公園の芝生の上で、母に作ってもらった弁当箱のフタを取ったときのうれしさといったらなかった。なにこれーと。

楕円《だえん》形の弁当箱に詰まっていたのは、鶏のからあげと卵焼きとポテトサラダ、ごはんはケチャップライスだった。すべて僕の大好物だった。

普段の献立で、大好物ばかりがこんなふうに揃うことは一度もなかったから驚いたというか、食べるのをためらうくらいにうれしかった。

もちろん栄養のバランスは考慮されているだろうが、「お弁当のおかずは食べる人の好きなものだけを詰める」というコツには、そんな思い出があるから大賛成だ。

つい先日、実家に帰ったときに台所をあさっていたら、そのときに使っていた弁当箱を発見した。アルミ製の小さな弁当箱だ。たまらなく懐かしかった。

そして、面白半分に、はじめて食べたお弁当を作ってみた。

とびきりおいしかった。

母のミルクコーヒー

コーヒーが流行《はや》っている。好みのコーヒー豆を選んで、ていねいに自分でドリップして淹れるという楽しみが、若者の心をつかんでいる。

コーヒーといえば、大きなガラスビンに入った顆粒《かりゅう》のインスタントコーヒーが思い浮かぶ。母が好んでよく飲んでいたものだ。

ビンのフタを取ったとき、なんともいえぬいい香りがしたものだ。コーヒーカップにスプーン一杯の粉を入れ、これまた粉のミルクを少々と、砂糖をたっぷり入れて、沸かした湯をなみなみと注いでかきまぜる。いわゆる甘ったるいミルクコーヒーだが、母が淹れてくれるこのコーヒーは、実においしかった。

そんなコーヒーに慣れ親しんでいたから、喫茶店で出されるコーヒーは苦くて、ミルクと砂糖をたっぷり混ぜないと飲めなかった。

それがあるとき、プレスして淹れるエスプレッソやカプチーノが、コーヒーの新しい潮流として日本に入ってきて、これはおいしい、となった。コーヒー人気が騒がれるようにもなった。

今は日本ならではの、一杯ずつハンドドリップで淹れるコーヒーが、海外でも評価されている。それが逆輸入のようになって、日本に再び浸透しているという。

確かに風味豊かでおいしいから、誰もがストレートで味わっている。しかし、僕はやっぱりミルクと砂糖を、たっぷり入れたくなるのだが。

スパッと半分　豆大福のうまさ

お酒が飲めないと言うと、甘いものは好きですか、と必ず聞かれる。見抜かれたようでくやしいけれど、大好きです、と正直に答える。しかしながら、お酒を飲まない人に甘党が多いのはなぜだろう。

糖分には、リラックス効果があると言われているから、僕は甘いものを、お酒代わりの気分転換に使っているのだろうか。うーむ。確かにそんな節はある。むしゃくしゃしたときはすぐに甘いものに逃げたくなる。

甘いもので大好物なのが豆大福だ。見た目も食感も味も、何もかもが好きだ。自分より豆大福が好きな人はいないだろうと思うくらいに好きだから、人気のお店に並んで買うのもいいとわず、どこそこの豆大福がおいしいと聞くと、すぐに出かけて食べたくなる。

おすすめしたい、おいしい食べ方がある。

豆大福をそのまま頬張ると、まぶしてある真っ白な片栗粉が、口のまわりについたり、お皿やテーブルにパラパラと落ちたりする。そういうことに気が散って、ゆっくり落ち着いて食べられない。とにかく豆大福は食べにくい。

そこで発案したのが、豆大福を包丁できれいに半分に切る方法だ。断面にあんこと豆がお目見えして、目で楽しめ、そしてまた、小さくなったことで食べやすくなる。

ていねいにお茶でも淹れて、豆大福のきれいな断面を見ている。おいしそうなあんこだな、お餅もふわふわで、豆もかたちがきれいだなと、一口一口じっくり味わうのが至福なのだ。

味見は料理の道しるべ

今、僕は、編集を務める「くらしのきほん」というウェブメディアのために、あらゆる料理をし、レシピを書く日々を送っている。

少し前まで料理初心者だった自分が、これほどまでに料理と向き合うようになると、今まで気づかなかった発見がたくさんある。そんなことかと、笑われるかもしれないが、おさらいのために、ちょっと書いてみようと思う。

まずは、切り方の大切さである。特に野菜であるが、かたちやサイズを揃えて切るだけで、見た目も味も食感もぐんと良くなる。

そして、その料理は、食べやすいのかどうかを、常によく考えることだ。味がとてもおいしいとしても、人の口の大きさというのは限りがある。または、噛み切りやすいのか、飲み込みやすいのか、人の口に入った後の想像力をよく働かせて、切ったり、かたちを作ったりすることだ。

もうひとつ。塩とコショウというのは、本当に必要なのかと疑問を持つことだ。

塩とコショウをすれば、おいしくなるというのが、ひとつ覚えになっているが、その手をちょっと止めてみる。

野菜なら野菜本来の味があるだろう。肉には肉本来の味があるだろう。塩とコショウの有無も、分量も、少しばかり慎重になるべきだ。

これも大事。器なり皿なりを、盛りつけの前に、しっかり温めておくこと。たったこれだけのことで、おいしい料理がもっとおいしくなる。

最後に、料理の途中で、味見をよくすることだ。味見とは、言ってみれば、目的地までの道順を、地図で確かめるようなこと。料理の上達は、これに尽きるような気がする。

おにぎりの味は母の味

時折、おにぎりを自分で握って、食べたくなる。

自分が食べたいおにぎりの味は、幼い頃、お弁当のために母が握ってくれたおにぎりの味だ。大きさ、塩加減、ご飯の硬さ、握り具合、海苔の巻き方、しょっぱい焼鮭など、言葉では説明できない、このくらい、こんな感じという塩梅がある。きっとみんなそうだろうと思う。おにぎりの味は、母の味、もしくは父の味なんだろうな。

母がおにぎりを握る姿をよく覚えている。炊きたてのご飯をしゃもじで茶碗によそって、まな板の上に茶碗を裏返してご飯をポンと置く。ゆらゆらと湯気が上がるご飯を僕はじっと見つめていた。

両手を水で濡らしてから、左手の人さし指に塩をつけて、手のひら全体に伸ばしてから、まな板の上のご飯を手に載せる。真ん中を指で押して、ほぐした焼鮭を押し込み、体を上下に揺らすように膝をやわらかく動かしながら、軽やかにご飯を握っては、まな板に戻していく。

すべて握り終えると、火であぶった海苔をちょうど良い大きさにハサミで切って、おにぎりを包んでいく。このときに、必ず「おいしくなあれ」とつぶやく。

母のおにぎりは、よくある三角ではなく、まんまるだった。おにぎりを作る工程にはひとつも無駄がなく、しかも、心が込められたていねいさが目に見えていた。子ども心にいつも僕は感動していた。

こんなにしっかり作り方を覚えていて、その通りに作っても、どうしても母と同じ味にならないのがもどかしい。

そんなことを思いながら、今日も僕は、おにぎりを握っている。

父の大好物

料理をするときに、必ず思い出す言葉がある。

ある日、「家庭料理とは何か」と、料理家のウー・ウェンさんに聞いて、答えてくれた言葉だ。

「家庭料理とは、外でいくら高いお金を出しても、食べられないものです。たとえば、旦那さんが、外であれこれと、美食と呼ばれるような、おいしいものを食べたり、時間とお金を節約するために、簡単に済ませるようなものを食べたりして、身体や胃が疲れている毎日の中で、いざ家に帰ってきて、食事をしようと思ったとき、奥さんは、そんな日々を送る、旦那さんの疲れた身体の調子を整えてあげるような料理を作ることが大切なのです。

外でお金を出して食べるような料理を、家で作るのではなく、身体が休まるような、身体が良くなるような、旦那さんの身体が必要としている料理は何かを、よく考えて作ることです。それが本当の家庭料理です。家庭料理に技術はいりません。必要なのは、知恵と愛情です。料理は薬とも言いますが、心と身体の健康のために、家庭料理ほど良く効く薬はないんです」

この言葉は、家庭料理だけではなく、暮らし、そして仕事においても、常にその先にいる人のために、精いっぱい心を働かせ、よく考えて工夫をし、愛情を注ぐことであり、料理とは作業ではなく、人を愛することである、と教えてくれている。同時に、二年前に老衰で亡くなった父の面影を、僕に思い出させてくれている。

父は長年、糖尿病と高血圧を患っていた。

若い頃から、おいしい甘いものに目がなく、どこかにおいしいものがあると耳にすると、飛んで買いに行く、生粋の食いしん坊だった。

そんな父が、晩年、血糖コントロールの食事療法のために、甘いものが食べられなくなり、どれほどしょんぼりした日々を送っていたかを家族はよく知っていた。

父は、豆大福と、硬いせんべいと、チーズケーキが大好物だった。どれも糖分が多く、長い間ずっと食べることを止められていた。

しかし、亡くなる半年前のある日、少しなら食べてもいいとドクターに言われ、父は喜んだ。

早速、母が買ってきたチーズケーキを、父はナイフを使って、小さなサイコロ状に切り分けた。

「おいしいものはな、こうやってな、小さく切ってな、大事に食べるとおいしいんだ」と言った。昔から父は、どんなものでもおいしく食べる工夫をする人だった。

味とは与えられるものではなく、自分から探して見つけるもの。だから、おいしくないのは自分のせい。他人のせいにはしない、と、よく言われて僕は育った。

小さなチーズケーキをフォークに刺し、父はうれしそうに口に入れ、よく噛みながらおいしそうに味わった。

「おいしいは最高の栄養。おいしいは元気になる」と言った、そのときの父の笑顔が忘れられない。

料理の作りかたと食べかたは、ほんとうに大切だ。

今日も、僕の暮らしを、しっかりと支えてくれている。

はじめてのグラノーラ

アメリカで、グラノーラをはじめて食べたのは、三〇年くらい前のことだ。アメリカにおいてグラノーラ（グラノラと発音する人もいる）は、料理好きのお母さんがいる家では、その家ならではのスタイルで作られている、おいしい家庭料理の定番だ。

はじめてグラノーラを食べたときのことを書いてみよう。ニューヨークに暮らす友人の、ペンシルヴァニアの実家に泊まりに行ったときの朝、友人は「ちなみに、うちのお母さんのグラノーラは最高においしいんだ」と言って、大きなガラス瓶に入ったグラノーラを、スプーンでボウルによそって、「さて、ミルクがいい？　それともヨーグルト？」と僕に聞いた。そのとき見せた、友人の得意げな顔が忘れられない。

「ちなみに、僕はミルクがおすすめだけど」と言うので、「じゃあ、ミルクで」と答えると、ボウルのグラノーラにドライフルーツをたっぷりトッピングしてから（このとき、友人はウインクした）、ミルクをたっぷりとかけた。

「すぐに食べてもいいし、やわらかくなるまで待って食べてもいい。ちなみに（「ちなみに」は友人の口癖）ニューヨーク・タイムズに載っていたグラノーラ好きへのアンケート結果によると、やわらかくなるまで待って食べる人が圧倒的に多いらしい。ちなみに、僕は待たずにサクサクのうちに食べるのが好きなんだ」と、友人は満面の笑みで講釈をたれた。

そんなふうにして、友人のお母さんが作ったグラノーラを一口食べたとき、そのあまりのおいしさに、今まで自分が日本で食べていた、グラノーラらしきコーンフレークは一体何だったんだ、と僕は衝撃を受けた。

ほのかに甘くて、サクサクで香ばしく、噛めば噛むほどに味わいが楽しめて、しかもグラノーラからにじみ出た、甘くてスパイシーなうま味と、ドライフルーツの風味がミルクに混ざって一体化した、その豊潤なおいしさといったら、今まで味わったことのない、この世にこんなにおいしい食べ物があるんだ、という驚きでしかなかった。

僕が「おいしい！」と言うと、「毎日自分の好みでいろいろな食べ方をするんだ。ナッツを入れたり、フレッシュなフルーツを刻んで入れたり、シナモンやはちみつをかけたりとね。合わせるのも、ミルクにヨーグルト、アイスクリームとか、あと、温かいミルクもおいしいんだ」と友人は言った。

その日を境に、僕はグラノーラに夢中になった。いや、グラノーラのとりこになった。

アメリカにおいて（実はパリにもおいしいグラノーラがある）、どこへ旅をしても、グラノーラを探すようになり（田舎に行けば行くほどおいしいのがある）、さまざまな味わいや食べ方を存分に楽しみながら、今に至っては、もはや自分のレシピで作るようになり、朝食の定番として、グラノーラは、日々の暮らしに溶け込んでいる。

そして、「さあ、今日はどんなふうにしてグラノーラを食べようか」というのが毎朝の合言葉になっている。

考えてみれば、グラノーラというのは、日本のおみおつけみたいなものではなかろうか。おみおつけも、日々の定番であり、具材の選び方で、さまざまな食べ方を楽しめる料理のひとつ。やっぱりグラノーラは、アメリカのおみおつけ、と言ってもいいかもしれない。健康食であるのも同じだし。

それともうひとつ。グラノーラを食べるための、シリアルボウル選びも楽しみのひとつだ。器好きの僕は、グラノーラのための、小ぶりなボウルをいつも探して集めている。

自家製のグラノーラと、お気に入りのボウルがあれば、あとは好みの組み合わせとトッピングを選ぶだけ。最高の朝食ができ上がり。お試しあれ。

世界一のおかかごはん

料理好きの父は、北大路魯山人や辰巳浜子さん、波多野承五郎さんの本を愛読していた。特に『食味の真髄を探る』は座右の一冊だった。

老いた父が、亡くなる五日前、僕の顔を見るなり、小さな声でこうつぶやいた。

「おかかご飯が食べたいな」

くいしん坊でおいしいもの好きだった父は、洋食和食を問わず、それがおいしいと聞くと、居ても立ってもいられなくなり、どんなに遠くであっても、すぐさま食べに出かけていった。

そして家に帰ってくると、「口がまだ味を覚えている間に」と言って前掛けを締め、その料理を自分なりに工夫して再現するのが常だった。

食材の袋を両手に下げて父が帰ってくると、今日はどんなおいしいもんが食べられるのだろうと、僕はうきうきして、顔をほころばせた。

「よしできた。早くお食べ」

父が張り切って作った料理が食卓に並ぶと、僕ら家族は、あーだのこーだの父の面白おかしい講釈を聞きながら、「おいしい、おいしい」と喜んで食べた。カレーライス、グラタン、コーンスープ、茶碗蒸しに焼きそば、玉子焼きにすき焼きなど、数えたらきりがないが、父の作る料理は、ほんとうにおいしかった。中でも、父が「うん。なんだかんだ言って、これが一番おいしいな。世界一だ」と言い続けていたのが、鹿児島で食べたという、これ以上ないくらいにシンプルなおかかご飯だった。

とにかく米を上手に炊くこと。新米ならなお良し。かつおぶしは、おかかごはんのためだけに、血合いを除いて、薄く、こまかく、ふわりとした小さな花びらのように、店にお願いして削ってもらうこと。かつおぶしの分量にこだわり、炊きたてご飯に、すぐに振りかけて、手早く混ぜること。茶碗に盛ってから、さらに、かつおぶしを、ひとつまみのせることなど、おかかご飯を語らせたら、目の色を変えて、それはそれは小うるさい父だった。

なにより、おかかご飯は、「米の炊き方が失敗したらすべて台なし」と言って、土鍋で炊かなければならないというのが父の決まりで、おかかご飯が、いかに簡単な料理と言えど、僕ら家族の手の出せるものではなかった。土鍋のふたを取り、真っ白な湯気の中から、ぴかぴかのご飯がお出ましになったときの、父の得意げな笑顔は今でも忘れられない。

よい道具とは、人が人を助けようという精いっぱいの真心と工夫によって作られたもの。それはすなわち手仕事の美しさを放ち、使えば使うほどに、深いきずなが生まれ、日々の暮らしを支えてくれるもの。よって、大切にし感謝し、よき使い手になるべし。

米を炊いた後の土鍋を、まるで赤ん坊の体を洗うように、ていねいに洗い、やさしくやさしく拭きながら、父は僕によくこんな話をしてくれた。

「道具選びは、友だち選びみたいなもんなんだ」とも父はよく言った。

父のもうひとつの十八番《おはこ》に、最高においしい豚汁があった。豚汁もまた、父はいつもの土鍋で作った。

「豚汁はな、豚肉が主役。大きめに切って、どっさり使うのがコツ。味噌に豚の脂がたっぷり合わさっておいしくなるんだ。野菜は同じ大きさにていねいに切りそろえること」と、僕は教えられた。

今日僕は、新しく友だちになった道具に、少しばかり助けてもらい、父から教わったおかかごはんと豚汁を作った。

器にも小うるさかった父が使っていた、茶碗と合鹿椀《ごうろくわん》に盛りつけた。

「おいしそうだなあ。世界一だ」という父の声が、どこかから聞こえてきた。

お茶が教えてくれる

その人は、茶さじ一杯ぶんのお茶の葉を、大切そうに、自分の手のひらの柔らかいところにのせ、もう片方の手でふたをするようにして目を閉じた。

いい香りがしてくるでしょう。お茶の葉が目を覚ますのよ。こうしてあたためてあげると。

甘くて香ばしいお茶の香りは、僕の知るお茶の香りとは別のものだった。

その人は、そーっと、ふたをした手を開けた。

お茶の葉がふんわりと見えた。

その人は僕を見てうなずいた。

そして、もう一度、手でふたをした。

いただきます……。

その人は、頭をさげながら、小さな声でそう言って、そばに置いてあった急須に、お茶の葉を、それはそれは、ゆっくりと入れてから、急須をあたためるように両手で包んだ。

お茶の葉が、お湯の温度はどのくらいがいいかを教えてくれるのよ。

そして、そばに置いた茶碗にお湯を入れて、洗うようにして流した。

お湯を入れますよ。

その人はお茶に話しかけるようにそう言ってから、お湯を茶さじ二杯分くらい急須に注ぎ、ふたをして待った。

急須のふたを取った。

ほらやっぱり喜んでる。

その人は、お茶の葉が、お湯の中でふくらんで行くのを見つめて喜んだ。

急須から立ち上る湯気は、お茶の香りをたっぷりとふくんで広がっていった。

さあ、お茶を淹れましょう。

その人は、茶碗にお湯を注ぎ、そのお湯を急須へと移した。

その人は、にっこりと微笑んだ。

もういいかな。これもお茶を見てればわかるのよ。どのくらい待てばいいのかね。

その人は、急須をあまり傾けないようにしながら、茶碗へお茶を、最後の一滴までゆっくりと注いだ。

はい、どうぞお飲みになってください。

お茶はきれいな黄色で、やわらかな香りに満ちていた。

いただきます。

ひとくち飲むと、甘い味わいが口の中に広がった。

ふたくちめは、からだの真ん中から、ふわーっとあたたかさが染み入っていくのがわかった。

ふーっと、深い息がひとつ出た。それは、おいしいを超えた、言葉にならない驚き。いのちをいただくしあわせのような。

ほら、一息が出た。

お茶が一息つきなさいと言ってくれたのよ。
こんなふうにお茶はいつも、何かを教えてくれるのよ。
その人は、自分のお茶を淹れてから、そっと手を合わせた。
今日の私には、お茶は何を言ってくれるのか楽しみだわ。
その人は、両手で茶碗を包んで、そう言った。

料理が僕を変えた

小難しいことは抜きにして考えましょう。そう、料理とは、楽しくて、うれしいことばかりです。今日は何を作ろうかという気持ちは、小さなチャレンジでドキドキするし、買い物に出かければ、おいしそうなものがたくさんあって、財布と相談しながら選ぶのも心がときめきます。生産者さんに感謝をして、自分が食べたいものを、作って食べる。もちろん、料理には失敗もあります。けれども、失敗した料理をおいしく感じるのも、自分で料理をすることで味わう喜びでしょう。

台所に立っているときだけが料理ではありません。何をどんなふうに食べようかと考えることから始まり、買い物に出かけて、食材を選んで、季節の知らせに心躍らせたり、あれこれ思ったり考えたりする時間も料理です。器を選ぶことも料理のうち。見た目、味、香り、食感を発見するというように、おいしさをゆっくり時間をかけて味わうことも料理のうち。食後にのんびりしたり、使った道具や器を洗って、片付けたり、一息ついて、ぼんやりする。ああ、おいしかったなあ、とつぶやく。そういう余韻を楽しむのも料理のうち。

日々の暮らしに、しあわせを増やすことは、そう簡単ではありません。でもそれは、料理をすることで手に入れることができるのです。健康もそうですし、いろいろなことへの意思決定や、対応力、観察力、ものを選ぶちからなどなど、たくさんの知恵と工夫が、料理という学びによって、しあわせを生む小さな種になるのです。

料理をすればするほど、自分が成長し、すてきになっていくように思えるのは言い過ぎでしょうか。料理をすることによって、自分が食べたいものを、自分で作るという自由は、素晴らしき暮らしのいのちです。

料理は作業ではなく心の働き。料理というひとつの楽しみの中には、百も千も小さな喜びが詰まっていると僕は言いたい。そんな料理を人に任せるなんて、なんてもったいないのでしょう。

お腹がすいたら、何を食べようか、と考えるより、さあ、今日は何を作ろうか、と考える自分が、今はとてもうれしいのです。料理をすることで僕はこんなふうに変わったのです。

第4章

回想は妙薬

親の年齢に目を向ける

二〇一六年の暮れに五十一歳の誕生日を迎えた。

誕生日は両親に感謝する日と決めている。亡くなった父の写真に手を合わせ、独り暮らしの母に電話をして、おかげさまで元気であることを伝えた。

その夜、離れて暮らしている大学生の長女から、「誕生日おめでとう」のメールがあった。「父、五十一歳がんばります」と返事をすると、「もう、五十一歳なんだ」という言葉があって思わず噴き出した。家内に「娘は父の年齢を知らなかったらしい」と伝えると、「そんなものですよ」と家内も笑った。

そんなたわいないことから、自分が子どもだった頃を思い出した。父の年齢を意識したのは、確か小学生の高学年だったが、四十歳くらいという、かなりあいまいな記憶。それ以降は六十、七十、八十という、区切りの良い節目の誕生日を家族で祝ったことだけしか覚えてはいない。

だから、長女が五十一歳という父親の年齢を聞いて、あ、そうなんだ、という気持ちは変に納得ができた。

若ければ若いほど、両親というのは、子どもからすると、いつまでも自分よりずっと大人だというだけで、今何歳であるというのは、特に意識するものでもないのだ。

しかし、五十一歳になってみると、八十三歳で亡くなった父の年齢のことをいろいろとよく考えてみたり、七十八歳の母を見て、自分との年の差を数えてみたりして、人の人生の歩みと現実をかみしめるようになった。

「七十八歳ってどんな感じですか？」と母に聞く、今の自分が面白い。

夕暮れをゆっくり歩く

まだ肌寒い日の夕方、寂しい道を一人で歩いていた。

道の先から、ベビーカーを押した二人が、こちらにゆっくり歩いてくるのが見えた。

二〇メートルほど近くになって、二人は若い夫婦とわかった。

ベビーカーを押して歩いているのは夫で、妻は着ているコートのポケットに両手を入れて歩いていた。夫婦は一歩一歩を味わうように、ほんとうにゆっくりと歩いていた。

ベビーカーを押して歩く、夫の顔が見える近さにまで来たとき、その夫のなんとも言えぬ、しあわせそうでおだやかな顔と表情を見て僕ははっとした。

このひとときがいつまでも続きますように、自分はなんてしあわせなんだろう、というような夫の気持ちが満ちあふれていたからだ。

すれ違い様に妻のことも見た。

子どもを夫にまかせて、自分は好きなように、自由にのびのびと歩けることが、ほんとうにうれしくてたまらないというように、にこにこしながらしあわせをかみしめるように歩いていた。

夫婦は何もしゃべらず、ただゆっくりと、スローモーションのように歩いていた。きっとどこかに行こうとしているのではなく、こうして、家族三人で散歩というひとときを楽しんでいるのだろう。

すれ違った後、少し歩みを進めてから振り返って夫婦の後ろ姿を見た。

夫婦は黙ったまま、夕暮れの暗い道を、ただゆっくりと歩いていた。かけがえのない安らぎとしあわせに触れて、僕はうれしくて仕方がない気持ちになった。

ほんとうに贈りたいもの

プレゼントの思い出で、いつまでも心に残っていることがある。のろけるようで照れるが、ある日、家人からこんなふうにプレゼントをもらった。

「何を選んだらいいのかわからなくて、そして、自分がほんとうに贈りたいものは何かと考えたの……」と、家人は言った。

「何でもうれしいよ。ありがとう」と、僕は答えた。

「気持ちをどうすれば、プレゼントというかたちで渡すことができるのか、悩んだんだけど。あのね……」

家人は小さな声で話を続けた。

「わたしがあなたを好きになった日のことを思い出したの。あなたを、好きで好きでたまらなかった、あの日の気持ちを。そのときふと、こう思いついたの。わたしたちは出会ってもう二〇年も経つけれど、あなたを好きになったあの日のわたしの気持ち。二人にとってはじめての日のわたしの気持ち」

さらに続いた。

「今ではいろいろと馴《な》れ合ってしまっている夫婦だけど、あのはじめての日の気持ちに戻って、あなたを好きになった日の好きという気持ちを、今日という日にプレゼントしたいと思ったの。いわゆるモノでなくてごめんね。目には見えないけれど今わたしは、あの日の気持ち、いや、それ以上かもしれない好きという気持ちを、今日あなたにプレゼントします……」

家人は照れながら言った。

どんなことにも、はじめての気持ちが必ずある。

初心忘るべからず、と言うが、取り組みだけでなく人間関係にも初心がある。

改めて、その大切さを思うこの頃である。

銀座で整える朝

二週間に一度、朝の銀座を訪れている。

用事はふたつある。ひとつは、朝一番に行きつけの理容店で髪を切ってもらうこと。

髪は伸びる前に切る。理容店は、一番客になれというのは父の教えだ。

もうひとつは、髪を切った後に、これまた行きつけの喫茶店「ウエスト」に寄って、トーストハムサンドを食べること。

おいしいものに出合ったら、とことん食べ続けるというのも父の流儀だ。食べ続けると、その味のおいしい理由が必ずわかる。理由がわかると、もっとおいしくなると父は言った。

この習慣が、もう十数年続いている。

なんてぜいたくなのだろうと思っている。

ぜいたくというのは、かかるお金だけでなく、早朝からお昼過ぎまで、仕事から離れ、誰にも邪魔されずに一人で過ごすという時間の使いみちだ。

こんなぜいたくをしていたら、いつかバチが当たると思いつつも、この習慣がなければ、今の自分はいないとさえ思っている。そのくらいに朝の銀座は、僕に元気をもたらしている。

朝の銀座の前と後では大違い。朝よれよれの自分が、午後には元気はつらつな自分に戻っている。朝の銀座はリフレッシュ効果抜群だ。

忙しさや疲れで、もはやこれまでと、へこたれそうになっても、朝の銀座が待っていると思うとちからが湧いてがんばれる。

髪を切ってもらった後の清々しさといったらない。朝だから余計にそう感じるのだろう。言ってみれば、身だしなみがとびきり整えられた自分がいる。

その足で、外堀通りを歩いて、「ウエスト」の木の扉を開く。店に入るたびに、懐かしさがこみあげてくる。そして、髪を切った後、「ウエスト」に行き始めたきっかけをふと思い出す。

父と僕は、銀座に映画を観に行くのが、休日の楽しみだった。映画を観た後、父は、自分の大好きな「ウエスト」に僕を連れていってくれた。

父はいつもコーヒーとサンドイッチを、僕はオレンジジュースとシュークリームを頼んだ。そこで食べるケーキや飲み物は、なにもかもがおいしくて夢心地になった。

普段、厳しい父だったが「ウエスト」に行くと、別人のようにやさしかった。

父は僕に「ここで働いている人たちの言葉遣いをよく聞いておきなさい。姿勢と歩き方をよく見ておきなさい」と言った。

「どうして?」と僕が聞くと、「きれいなんだ」と父は答えた。

そのきれいがどんなことなのか。幼い僕にはわからなかったけれど、父の思うきれいという基準がここにあると知れたことが、なんだかうれしかった。

「ウエスト」という存在は今でも、父との思い出が詰まった特別の場所だ。

大人になった今、あらためて「ウエスト」のきれいに向き合おうとしている自分がいる。

理容は、容姿を整えるという意味がある。

朝の銀座で僕は「ウエスト」を訪れ、「きれい」に触れて、さらに自分を整えているのかもしれない。

あの日の父もそうだったのかもしれない。

ランドセル

ジョンとタロウが吠えたから、お父さんが帰ってきたのがわかった。

「おかえりなさい！」と、僕は大きな声で言って玄関まで走った。お父さんは大きな紙袋を手に提げていた。

「ランドセルだよ」と言って、紙袋を床に置くと、ジョンとタロウが、紙袋を噛んで振り回した。

「これはだめ。遊んだらだめ」。僕は、ジョンとタロウを叱って、紙袋を取り上げた。

「出していい？」と聞くと、「うん、いいよ。これはいいランドセルなんだよ」とお父さんは言って微笑んだ。

「ランドセル、ランドセル、ランドセル……」と、僕が歌うように言うと、ジョンとタロウがわんわんと吠えた。

「ランドセルに勉強の本を入れて、毎日学校に行くんだ」と言うと、ジョンとタロウが、またわんわんと吠えた。

「重くても大丈夫。これはいいランドセルなんだ、とお父さんが言ってたよ」

そばで見ていたお母さんにそう言うと、お母さんは「背負って見せて……」と言った。

僕はランドセルを箱から出して背負った。ランドセルは僕の背中よりも大きかったけれど、かっこよかった。

僕を見たお母さんは「えーん」と泣いた。お母さんが泣いたから、僕も涙が出て泣いてしまった。

お母さんは「うれしいね」と言って、涙を拭いた。僕は「うん」と答えた。

ランドセルのいいにおいがした。

娘の彼氏と初対面

大学生になった一人娘が、付き合っている彼氏を我が家に連れてきたときのこと。

中学から高校までの六年間を女子校で過ごした娘は、大学生になって彼氏を作るのが小さな目標だった。そんな話をよくしながら、「早く見つかるといいね」と、人ごとのように受け答えをしていたのだが。

大学に入学した途端、娘は好きな男性をすぐに見つけて、いわゆる彼氏彼女の仲になって僕を慌てさせた。しばらく隠しておけばいいものを、喜んですぐに報告してくる素直さは可愛《かわい》いのだが、もう少し親の心境も察してほしい。まあ年頃の女性としては、喜ばしいことであるけれど。

紹介をさせてほしいという娘の考えもとても正しいと思うのだが、「うーむ、ちょ、ちょっと待ってくれ、紹介とか別にいいんだけれども」というのが僕の気持ちだった。正直言うと。

で、どうだったかというと、彼氏には本当に申し訳ないのだけれど、にこやかにおしゃべりしたりその場で自然にくつろいだりといった、なんというか、至って普通のコミュニケーションがとれなかった。怒ってもいないし君が嫌いなわけでもない。ただ、なんとなくその場に居づらかっただけなんだという、情けない気持ちで、同じテーブルには座れなかった自分がいたのだ。

自分がこんなふうに動揺するとは思わなかったな。相手も緊張しただろうが、こっちのほうが数倍も緊張してしまった。いやあ、びっくりしたね。こんな日がやって来るなんてね。とはいえ、娘よ、おめでとう。

ニューヨーカー　夏の知恵

今、東京とニューヨークの真夏の暑さを比べたら、どちらが暑いのだろう。はじめてニューヨークを訪れたときが、真夏の最中だった。そのあまりの暑さに、驚きを通り越して、具合も悪くなり、辟易《へきえき》した記憶がトラウマのように残っている。

ニューヨーク育ちの友人に、東京では「暑い」の一言で済んだが、ニューヨークでは「暑い、暑い」の二言になったと、愚痴をこぼした。すると友人は、僕に夏のニューヨークの歩き方を教えてくれた。いや、正しく言うと、中心地であるミッドタウンの歩き方である。

ミッドタウンというのは、ビルが立ち並ぶエリアである。それを利用した歩き方だ。「ビルの一階は、冷房が寒いくらいに効いている。だから、そこを歩けばいい。アップ（北へ）とダウン（南へ）しかできないけれど、ビル抜けは、夏のニューヨーカーの知恵なんだ」と、友人は言った。

なるほど。大きなビルは一ブロックの上下を占めている。歩道を歩いたら、ぐるっとまわらなければいけないのが、ビルの一階の入り口から出口に抜ければ、涼しいだけでなく、近道にもなる。

そこで知っておきたいのが、ビル抜けができるビルがどのビルであるのかと、どのように組み合わせて歩けば、いかに外を歩かずに済むかということだ。そう考えたら、途端に夏のニューヨーク歩きが面白くなった。

それ以来、このビルからあのビルに、こうやって抜けていけば、近道で、なにより涼しいと、僕はニューヨーカーを気取るようになった。

新聞のコラム

僕の母は新聞を読むのが大好きで、時間さえあれば、隅から隅まで目を通していた。そして、自分の気に入る記事を見つけると、「こんな面白い記事を見つけたわよ！」と、まるで宝探しでもしたように喜んだ。

そんな母は、僕に持たせる弁当をいつも新聞紙で包んだ。

友だちの弁当を見ると、きれいなハンカチで包まれているけれど、自分は新聞紙かよと、子ども心にも不満に思った。しかし、母には母の考えがあった。弁当を食べた後に、包みで使った新聞を読むという、いわばおまけのつもりなのだ。僕におすすめの面白い記事を選んで、その新聞紙で弁当を包むという母なりのやさしさとでも言おうか。

母には申し訳ないけれど、弁当を食べた後に、新聞の記事なんて読むことはなかった。けれども、母が選んだ記事はなんだろうという興味はいつもあった。そして僕は毎回こうつぶやいた。「またか」と。

母は朝日新聞一面のコラム「天声人語」を、いつも弁当の包み紙に選んだ。「わかりやすくて面白いから作文の勉強になるわよ」と僕に言った。新聞はいつも一面で勝負しているから一番面白いというのも、母の持論だった。

書店の棚で『最後の深代惇郎の天声人語』を見つけたとき、「あっ」と懐かしい気持ちになったのは、子どもの頃のそんな思い出があったからだ。新聞史上最高のコラムニストと呼ばれた記者、深代惇郎が、一九七〇年代半ばのおよそ三年間に執筆した『天声人語』は、今や伝説的な存在とも言われる名文ばかりだ。

『最後の深代惇郎の天声人語』は、四十六歳という若さで急逝し、筆を絶った深代惇郎が執筆した、朝日新聞の『天声人語』をまとめたシリーズの最終巻として刊行された一冊だ。単行本未収録の完全文庫オリジナルだという。

深代惇郎のコラムを、母は小学生の僕に読ませようとしていたことが、本書に記された年代を見てわかった。うーむ。僕は少しばかりありがたい気持ちになって、今こうしてじっくりと読みふけっている。洒脱でユーモア、真摯な勇気に溢《あふ》れ、今日の世相を見つめるまなざし、子どもにも読める平易な言葉使いに、改めて感嘆をするばかりだ。

曽野綾子の『私の危険な本音』もまた、長年執筆した数々の名コラムをまとめた一冊になっている。タイトルにあるように少々辛口であるのが著者の妙であるが、読んでいて気持ちが清々するのは、流石《さすが》の品の良さである。

自分の意見を持つ、自分の意見を書く、自分の意見を伝えるということが、いかに大切であるか、そしてもうひとつ、自分で考えて生きていくという、今や失いがちな心持ちを奮い立たせてくれる言葉の数々が、本書には溢れている。

二冊とも、読後は、感謝の気持ちでいっぱいになった。

クニエダさんから届いた雪岱

『暮しの手帖』の編集長に就任して、まだ間もない頃、僕が経営する、中目黒の古書店に届け物があった。

包みを開けると、中には、本が六冊と手紙が入っていた。

六冊の本は、すべて邦枝完二の著書だった。中には、希少本で知られた、和《わ》綴《と》じの限定版「おせん」があった。

届け主は、クニエダヤスエさんだと手紙を読んでわかった。クニエダさんは、店から歩いて五分もかからない距離に暮らしていた。さまざまなメディアで、上質な暮らしを発信し続けている、日本のテーブルコーディネーターの先駆者であるクニエダさんは、僕らの世代にとって、憧れの存在で、雲の上の方の一人だった。

手紙にはこう書いてあった。

「あなたのエッセイ集を読んでとてもうれしくなりました。邦枝完二が好きで愛読していると書いてあったからです。邦枝完二は私の父です。小村雪岱《こむらせったい》も好きとあったので、私の手元にある、父の本を贈らせていただきます」

邦枝完二が描く写楽や北斎が秀逸であると、浮世絵の収集家でもあり、経済学者の高橋誠一郎の随筆に書いてあり、それをきっかけに若い頃に読んだ邦枝完二の小説だ。江戸情緒豊かな文学世界に惹きこまれた僕は、それこそ貪るように愛読するようになった。

まさかクニエダさんが、邦枝完二のご令嬢であるとは知らず僕は驚いた。とすると、クニエダさんの姉であるエッセイストの木村梢さんは長女である。

僕が二十歳の頃、とてもお世話になった方が、木村梢さんと俳優の木村功の長男で、何度かお宅に呼ばれた思い出がある。自分の無知さが恥ずかしいが、クニエダさんからの手紙で、好きな作家と、憧れの方、旧知のご家族という点と点が、するするとつながり、不思議な縁を感じざるを得なかった。

クニエダさんの手紙には、さらにこうも書いてあって僕を喜ばせた。

「父が持っていた小村雪岱の版画がたくさんありますので、ぜひ一度見に来てください」

僕が雪岱を知ったのは、邦枝完二の代表作「おせん」の挿絵が最初だった。描かれているのが、江戸風俗でありながら、構図といい、余白といい、線といい、モチーフといい、単なる挿画の域を超えた、極めてヨーロッパ的な、センスの良い視覚表現に一気に魅了されてしまった。そのときに、ふわっと思い浮かんだのは、ビアズリーが絵を担当していた、十九世紀イギリスの文芸誌「イエローブック」の世界だった。ビアズリーの線と余白、秀逸なレイアウトに並ぶ作家が、日本にもいたのかとうれしく思った。

クニエダさんに、すぐにお礼を書いて送った。するとまた、手紙が届き、「こんな本はお持ちですか」と、邦枝完二の珍しい本や、ご自分の本を送ってくれるなど、文通のようなやりとりがしばらく続いた。

そんな二〇一一年の春、クニエダさんの突然の訃報が届いたから、僕は悲しみに暮れてしまった。手元には、クニエダさん手作りの封筒やカード、送ってくれたたくさんの本が残された。

クニエダさんの身内の方から連絡があり、これらはぜひ松浦さんにということで、クニエダさんの手元にあった、蔵書や絵画などを預かることになった。本当に僕で良いのだろうかと思ったが、散り散りにならないように守ることがクニエダさんの願いに思えた。

その中に、たくさんの雪岱の木版画があった。いわゆる実物を、僕は初めて間近で見ることになった。それらの木版画は、雪岱から邦枝完二に贈られた、刷りのよい数々で、「おせん」「お伝地獄」の代表的な挿画がずらりと並んでいた。僕個人が収集していた木版画とは、色、線、コントラストなどのクオリティが明らかに違い、その美しさに「これが本物か……」とため息が出た。

雪岱の代表的な挿絵のひとつである「刺青のお伝」にいたっては、色の鮮やかさ、線の強さ、描かれている彫り師の躍動感といい、肩を脱いだお伝の、なんとも言えぬ色っぽさが、白い余白にぽっかりと浮かび上がり、いくらでも見ていたくなるほどの妙味があった。

雪岱については、僕の好きが昂じて、雑誌の特集を組み、生前の雪岱を知る甥の方に、取材で話を聞く機会があった。

麴町平河町にあった雪岱の自宅は、とにかく簡素ですっきりしていて、机の上にも、硯《すずり》と筆が置かれているくらいで、終生、着物を愛し、駒絽羽織に紬《つむぎ》の袴《はかま》、駒下駄という出で立ちを好んでいたという。

そのときに、雪岱が使っていた筆を見せてもらったが、使っていたと言われなければ、新品と見間違うほどに手入れがされ、きれいだった。この筆で、あの線を描いたのかと思うと、ある種の凄《すご》みを感じて身震いをした。

クニエダさんが残してくれた本の中に、泉鏡花の『日本橋』があった。小村雪岱が駆け出しだった二十七歳の頃に描いた、有名な装丁で知られた一冊だ。

表紙の絵も素晴らしいが、この本の表と裏の見返しで使われた四枚は、若かりし雪岱の繊細緻密な画線と、卓越したセンスを、世間に知らしめた作品だ。

手元の『日本橋』を、邦枝完二が見入り、不遇時代の雪岱に、「おせん」の挿絵を依頼したのかと思うと鳥肌が立った。

老いた母と『星の王子さま』

先日、実家に帰った際、一人暮らしをする老いた母と一日を過ごした。

ぽかぽかとした昼下がり。母は古ぼけた一冊の本を手にして、僕の横に座った。

「そういえば、あんたはこの本が好きだったわよね。この本、何度読んだことでしょうね」。しわくちゃな母の手の中には、サン゠テグジュペリの『星の王子さま』があった。

「懐かしいなあ。まだその本、家にあったんだ」

幼い頃、テレビがなかったわが家では、母が毎晩してくれる本の読み聞かせが、なによりの楽しみだった。母は、本の登場人物に合わせて声色を変えるのが得意で、物語を聞いていると、すぐそこに、あたかも登場人物が立っているかのようだった。僕は、母の声を聞きながら、時にはらはらし、時におもしろく、時に悲しくなって、物語を楽しんだ。

「久しぶりに読みましょうか」と母は言った。

「キツネのところがいいな」

「そうそう、あんたはそこが大好きで、私はそこばかりを読まされたわ」と母は微笑んだ。「こんにちは」「ここだよ、リンゴの木の下だよ」とはじまる、王子さまとキツネが出会う場面が、僕は大好きだった。

老眼鏡をかけた母が、静かに物語を読み始めた。

「ぼくと遊ばないかい？　ぼく、ほんとにかなしいんだから……」と、王子さまの声を母が真似て読んだ途端、すっかり忘れていた、王子さまの長いスカーフと、キツネの伸びた耳のシーンが、僕の目にはっきりと浮かんできた。淡々と物語を読み進めていく母の声を聞きながら僕は、その母の声が、いつか読み聞かせをしてくれていた頃と、ひとつも変わっていないと思った。静かでやさしくてあたたかく、僕の耳から入って、胸の深いところに染み入るようだった。

一通り読み終えると、「はい、今日はここまで。また明日。おわり」と、あの頃と同じ終わり方で、母は本を閉じた。

「どこが面白かった？」「キツネが王子様と仲良くなるところ」

こんな母と僕のやりとりもあの頃のままだった。

「また今度つづきを読みましょう」と母は言って、『星の王子さま』を、いつまでも大切そうに手でさすっていた。

第5章

大好きなモノ語り

自転車で広がった視野

子どもの頃、一番欲しかったものは自転車だった。

もっとどこか遠くに行ってみたい。その思いの延長線に、自転車を運転して、という欲求があった。歩いて行ける遠くとは、せいぜい自分の暮らす町内かそのまわりくらいで、そのほとんどがすでに知っている景色ばかり。僕は、もっとどこか遠くの新しい景色を見てみたかったのだ。

念願叶《かな》って、親に自転車を買ってもらったのは小学二年の夏だった。

自転車は二〇インチというサイズだった。自転車屋で、ハンドルを握り、サドルに座り、サドルの高さを調整してもらい、「これでどうですか」と聞かれたとき、「もう一センチ上げてください」と頼んだのは、少しでも自転車に乗っているときの目線を高くしたかったからだ。「あまり遠くに行ってはいけません」。自転車を買った帰り道で、母親は僕にこう言った。

自転車に乗って最初に出かけたのは、家から三十分ほどの祖父母の家だった。道順はよく知っていたので、まずは祖父母に、自分が自転車に乗れることを見せたかったのだ。自転車を使ったら、たった十分で着くことができた。一人で自転車に乗ってやってきた僕を見た祖父母は、とても驚き、ほめてくれた。

自転車があれば、どこへでも遠くに行ける。しかも早く。次はどこに行こうか。僕は毎日、そんなことばかりを、にやにやしながら考えていた。

子どもの頃、僕の視野を最初に広げてくれたのは自転車だった。

自転車の何が好きだったのか。今思うとそれは、自由という旅を感じることだった。

しあわせを切り取った時代

先日、実家に帰った際、両親の若い頃の写真のあまりの多さに驚いた。整理されたアルバムだけでなく、未整理のを含めるとダンボール数箱分はあった。時代的には、昭和三十年代に撮られた白黒写真が多い。旅行、行事、日常など、とにかく、何でも写真に撮っておこうという風潮が見てわかる。

面白いのは、まるで自分が映画スターにでもなったかのように、おしゃれをしてポーズをとっていることだ。それはいわば、ひとつの趣味のように、父母ともに、うっとりと誰かを演じているとしか思えない写真ばかりなのだ。

父に一番多かったのは、アル・カポネのようなギャング風で、ハットを被り、肩幅の広いトレンチコートを着ているスタイルに、サングラスというような。

母は、顎に指を当てて、遠くを見つめ、それこそ女優のようなポーズで決めている。どちらも共通しているのが、目線がカメラに向けられていないことだ。そんなふうに気取った写真ばかりで、見るのが気恥ずかしくなった。

昭和の高度成長期。当時の若者は、皆こうして夢見るいつかの自分を演じて、写真を撮り、楽しんだのだろうか。

当時の様子を母に聞くと、写真を撮ったり、着飾って撮られたりすることが流行りで、写真というメディアにみんなが夢中だったらしい。自分が写っている写真があればあるほど、しあわせを感じた時代だったともいう。

自分の幼い頃の写真も、たくさん残されているが、確かに、それを見てじんわりとしあわせを感じる自分がいる。

写真とはしあわせの象徴なのかもしれない。

乗用車はもうひとつの部屋

乗用車が、段々と「部屋化」しているような気がするのは僕だけだろうか。

僕が抱いている乗用車のイメージは、無骨なインパネ（計器盤）に最小限の装備で、居心地というよりも、走り優先のかっこいい道具感だ。いつの間にか、スポーツカーという言葉は聞かなくなったが、子どもの頃、スポーツカーの代名詞でもあるポルシェを運転するために毎日、腕立て伏せをしているという大人がいた。すごくかっこよくてすてきだなと思った。その人は、「体を鍛えないとポルシェは運転できないんだよ」と、目をキラキラさせていた。

そんな価値観を持っている僕だが、毎日、乗用車を運転し、古くなれば買い替えを繰り返している。

そして、その都度、乗用車がどんどん部屋化の方向に進化していることに驚かされる。もはや乗用車は、走りというよりも、居心地なんだなあ、と思うばかり。

体を包み込むようなシート、コンピューター制御されるあらゆる設定、ドアを閉めたときのなんとも言えぬ巣ごもり的な密封感、走行時のふわふわしたサスペンション。あまりに快適なので、疲れているときは、運転中にうっかりウトウトしてしまいそうで、怖くもある。そのくらいに運転席は、自分だけの心地よい部屋になっている。

乗用車はピンからキリまであるけれど、ピンに近づけば近づくほどに、運転席の部屋化は高まっている。もはや動くマイルームになっていくのだろうか。

乗用車を所有するということは、もうひとつの部屋を所有するという時代なのかもしれない。

精いっぱいのあらわれ

「美しい」という言葉を耳にすることが少なくなった。

時たま「きれい」という言葉で表現されることはあるかもしれないが、「美しい」と「きれい」は同じではないだろう。「きれい」よりも「美しい」のほうが、感動が深いはずだ。

若い友人にそんな話をすると、すてきなものを見たときに「かわいい」という言葉がよく使われていたが、今ではそれさえ少なくなった、と言う。

最近は「やばい」という言葉が使われているそうだ。驚いたり、うれしくて感動したりしたときは、まずは「やばい」の一言で済ませるというように。

まあ、それはそれで、きっと楽なんだろうけれど。言葉遣いはこれから先、どんどん簡略化されていくのだろうか。今やスマホの絵文字をひとつ打つことでコミュニケーションがとれる。

うーむ、しかし、「やばい」という言葉は、そもそも危ないとか、悪いことが起きそうなときに使う言葉である。

そこで美しいものとは何かと僕なりに考えてみた。

向き合うと、嫌なことを忘れさせてくれるものや状況、様子。自然の何か、人の手で作られた何か、目に見えない心の働きや人が人を思うのも、美しさのひとつだろう。

すなわち、何ものかの精いっぱいのあらわれが、美しいということなのだ。

だからこそ、「美しい」は、決して危ないものではない。

「やばい」ではないのだ。

心をあたためるカシミヤ

遥か古代、カシミヤは、チベットの高僧が、瞑想をする際に、ブランケットのように身に纏《まと》う、神聖な織物だった。おだやかに育った山羊のうぶ毛を、ていねいに櫛《くし》ですいて集めた原毛が、女性の指先によって、静かにゆっくりと紡がれ、それを織り手である男性が、身につける人への祈りを捧げながら、高い伝統技術によって丹念に織っていく。

ある夏、カシミヤの産地、チベットのチャンタン高原を訪れた。標高四三〇〇メートルに広がる、「天空の湖」と呼ばれるパンゴン・ツォへ向かい、湖畔のロッジに泊まった。エメラルド色の湖水を、手ですくうと、透明さとやわらかな感触に驚いた。この地は、人々も含め、何もかもがピュアで美しく、限りなくやさしかった。

夜になると、満天に星が溢れた。夏でも肌寒いパンゴン・ツォの湖畔にいる間、僕はカシミヤのニットとストールを纏って過ごした。この美しい夜空の星を眺めながら眠ることができたら、どんなにしあわせかと思い、寒さに耐えながら、僕はいつまでもロッジの外にあった寝椅子から離れなかった。見かねたロッジの店主が、「どうぞこれをお使いください」と、家宝だというカシミヤのブランケットを貸してくれた。それは特別に編まれた、とびきり軽くてあたたかいブランケットだった。「なんて肌ざわりがよくて、あたたかいのでしょう」と言うと、店主は「カシミヤは身体だけでなく、心をあたため、癒してくれるのです」と言って微笑んだ。

僕は冬が訪れる度、「カシミヤは心をあたためてくれる」という言葉を思い出し、カシミヤに袖を通し、あたたかさと肌ざわりとその尊さを味わう。心がゆっくりとあたたまっていく本当を確かめている。

手遊び歌　想像力の賜物

先日、運営に関わっている「東京子ども図書館」(東京都中野区)の催しに参加した際、子どもと大人が一緒になって、手遊び歌を楽しむ機会があった。

手遊び歌とは、歌を歌いながら、その歌の内容を、手や指を動かして作り出す遊びのことだ。歌と手の一緒の動作でストーリーを楽しめる。

「はーい、みなさん、手を出して、まずはこうしてくださいねー。歌を歌いますよー」と始める。ずいぶんと大人になってからの手遊び歌は、その存在自体を忘れかけていたからか、とにかく懐かしい。幼い頃の自分を思い出し、目に涙が浮かんでしまった。

「虫かご」という手遊び歌がある。歌いながら、両手の指の先をくっつけていき、「ほーら、虫かご、でーきた」と言って、指で作った虫かごに耳をあてて、「りーんりーん、ちんちろりん」と、虫の鳴き声を聴くのだ。なんてすてきな手遊び歌なんだろう、と感動してしまった。

おもちゃを持っているのが珍しかった時代に育った世代にとって、おもちゃの代わりは自分の手であった。おもちゃを持っていなくても、手は空を飛ぶ鳥にもなり、わんわんと吠える犬にもなり、かたつむりにもなった。

両手を使えば、ちょっとしたドラマ仕立ての芝居もできて、一日中飽きずに遊んでいられた。

きっと今でも、幼い子どもたちは手遊び歌を楽しんでいるだろう。大人になっても決して忘れてはいけない、まさに豊かな想像力の賜物《たまもの》である。日本にはどれだけたくさんの手遊び歌があるのだろう、と思った。

ランニングシューズ革命

週に三日、一度に一〇キロほど走るランニングを始めて、八年が経つ。定期的に買う消耗品のひとつにランニングシューズがある。

寿命は人それぞれだが、僕の場合、大体八〇〇キロ走ると、接地面のアウトソールがすり減ってくるので、買い替え時になっている。

先日、買い替えようと、新しくオープンしたスポーツシューズショップへ行くと、3Dスキャナーで足のサイズとカタチを測るサービスをすすめられた。計測すると、それまで履いていたサイズよりもワンサイズ小さいものが適しているとわかった。さらに、店内で短い距離を走って診てもらう「ランニングフォーム診断」を受けた。

その結果もふまえて選んだシューズを試着してみると、それまでの履き心地はなんだったのかと思うくらいの、走りやすさを感じさせる感覚があった。

そしてもう一つ。走る際の靴ひもの締め方も教えてもらった。なぜ今まで誰も教えてくれなかったのか、と思うほどのフィット感があった。

どうするかというと、単にひもをひっぱって締めるのではない。足首から三つ目の穴までひもを外し、シューズの両サイドを足の甲に引き上げ、足を包み込むように、一つひとつ丁寧にひもを穴に通して締める。足との素晴らしい一体感が生まれるのだ。

立ってみると、自然と足がスッと前に出ていく感じがした。最新のテクノロジーを身をもって感じることになった。年々進化するランニングシューズに驚くばかりだ。

お腹がすく本のはなし

　読書家であるけれど、本を持たない主義であるから、持っている本を数えてみると、笑われるくらいに少ない。

　今読んでいる本と、好きだからもう少し手元に置いておきたいと思う本を合わせて一〇冊くらい。一〇冊はほとんどベッドサイドに置いてあり、寝る前にほんの数ページをナイトキャップ代わりに読んでいる。一〇冊の中で半分をしめているのが、食の本である。余程のことがないかぎり、どれもはずれがなく、おいしいはなしはどんなに繰り返し読んでも、ひとつも飽きることがない。

　一〇〇冊の本を読むよりも、一冊のいい本を一〇〇回読むほうがいいというのが主義で、おいしさを書いた本ならなおさら何度でも読む。食いしん坊だから仕方がないといえばそうだが、おいしいうまいはわかりやすいしあわせであり、なにより人間味あふれている。

田辺聖子さんの『春情蛸の足』は食と恋の短編集。おいしさに恋がからむからたまらない。「お好み焼き無情」という短編は読むたびに唾が出る。「エビのおどりやないけど、花かつおのおどり、生きてるうちにどうぞ」という文章のあとに書かれたお好み焼きの描写は絶品である。楽しみを奪ってしまうので、あえてここには書かないでおく。「慕情きつねうどん」も同様。黙って読んでほしい。読めば、笑って恋して腹がすく一冊である。

ノンフィクション作家の中村安希さんの著書にここ数年はまっている。『食べる。』は、世界一五ヵ国へ旅をし、そこでひたすら現地の料理を食べまくるルポルタージュである。しかし、単にうまいまずいの話で終わっていないのが、この本の読みどころである。この本では、旅することと、食べることによって、世界のありのままの姿に自分の素手で触れられること。見知らぬ素晴らしい世界を知ることができるということを、僕たちに教示してくれている。

好きなはなしはどれかと選べば、スーダンにおける水のはなしと答えよう。

たくさんの栄養が入っている水というものがあることに驚かされる。

　こんな調子で選ぶと、沢村貞子さんの『わたしの献立日記』。『神楽坂・茶粥の記　矢田津世子作品集』、桐島洋子さんの『聡明な女は料理がうまい』と、好きな食の本のはなしは尽きない。そしてやはり腹がすく。

世界で好きな本屋を探す

ここは自分の家だといわんばかりの佇《たたず》まいに満ちた本屋が好きだ。そんな本屋を探して、ニューヨーク、サンフランシスコ、パリなどを歩き回った。インターネットがない時代だから、最初の手がかりはいつも分厚い電話帳だった。

どの街に行っても、まずは「アポイントメント・オンリー」の本屋を一軒探して、そこに電話で予約を入れて、住所を聞いて、店を訪れることから、僕の本屋巡りが始まった。

「アポイントメント・オンリー」の本屋は、写真集専門であったり、近代文学専門だったりと何かしらの専門が必ずあり、基本的には対面販売だが、そういう本屋は、大抵アパートの一室だったりして、住宅兼本屋という場合が多かった。

僕はいつも片手にクッキーやワインといった何かしらのお土産を持って、あたかも友だちの家に遊びに行くように出かけていった。そんな最初の一軒は、買うとか買わないは、どうでもよくて、とにかくその街の本屋事情と、良質な本屋がどこにあるか、そういう本にまつわる、街のあれこれをヒアリングするのが目的だ。

「何かお探しの本はありますか？」と聞かれたら、「ウォーホルの『ゴールドブック』を探している」と、僕はいつも答えていた。あれば一冊一〇〇万円は下らない本だが、そうそうある本でもないことはわかっている。もしあれば、何をしてでもお金を工面して欲しい本だからうれしいのだが、そんなふうに答えて、あると言われた試しがない。

おおむね「クリスティーズか、サザビーズの競売のチャンスを待つしかないですね」と本屋の店主は答えるが、それで僕が探している本のポイントがわかるから、それをきっかけにして、僕が好きそうな本を次から次へと見せてくれる。そうこうしている間に、このあたりで行くべき本屋のリストをもらったり、ディーラーの連絡先を教えてもらったり、郊外で行われるブックフェアの情報を聞いたりして、次に行くべき本屋を確かめる。

忘れていけないのは、必ず一冊の本を買うことだ。安かろうとかまわない。本好きでもない店主がおすすめした中から一冊を選べばいい。本屋の店主というのは、本好きであるからこそ、高かろうと安かろうと、自分のすすめた本を一冊でも買ってくれればうれしくなる。要するに、その街に着いたら、まずは、街のいろいろなことも含めて一番詳しそうな本屋を見つける嗅覚が大事で、そこにたどり着けさえすれば、もう安心で、本屋を営む友だちを作るつもりでやりとりすればいい。アポイントメント・オンリーだから、他の客に邪魔されることはないのだ。

そうやって、長年、友だちのように親しくさせてもらった人に、サンフランシスコのバークリーの老舗古書店「セレンディピティ」のピーターさんがいる。地下鉄のダウンタウンバークリー駅から店までは、歩いて三十分くらいの辺鄙《へんぴ》な場所にあるのだが、ここは六十年代の学生運動の際、活動拠点だったことでも知られ、サンフランシスコ中、いやアメリカ中の本屋が一目置く本屋であり、ピーターさん自身もアメリカ古書組合の会長だから、アメリカの本屋のボスといえる存在だった。

ここも、基本的にはアポイントメント・オンリーだ。元々、大きなワイン倉庫だった場所を本屋に改装したから、広さが半端ではない。約束した時間に行くと、ナンシーという優しいおばさんがドアを開けてくれて、「ピーターを連れてきます」と言って、店の奥に消えていく。そして、大きな体のピーターさんが、山積みになった本の隙間を、クマのようにのっしのっしと歩いてきて、「よく来たな。勝手に自由に本を見ていきなさい」と言って、また本の山の中に消えていくといった具合だ。専門は、カウンターカルチャーとビート文学、近代文学の希少本とレアなアートブックで、たとえばブローティガンの『アメリカの鱒釣り』の初版は、まるで新刊書店のようにずらりと棚に並んでいるから驚かされる。

「セレンディピティ」の居心地の良さは、ふわふわのソファでもなく、おいしいコーヒーやチョコレートでもなく、とにかく、広い店内をいくらでも自由にさせてくれるところだ。もちろん、ソファも椅子もテーブルもコーヒーもあるから、そこでくつろぐこともできるけれど、自分の好きなジャンルに強い本屋で一日中宝探しができるなんて、ほっぺたをつねりたくなるくらいに夢のようだ。エモリー・ダグラスのポスターが丸めてあったり、キャビネットの引き出しには、ギンズバーグやバロウズ、エルドリッジ・クリーヴァーやブローティガンのサインや写真が詰まっていたり、そういう作家からピーターさんへの手紙が、無造作に置かれていたり。そう、「セレンディピティ」は、ピーターさんの家そのものだった。

何時間もそんな宝探しを続けていると、「何か、あったか?」とピーターさんがどこかから現れて、「おお、こんなものよく見つけたな」と、ほめてもらうのがいつものことだった。僕が思うに、本屋というのは、その店主の家そのものであってほしいのだ。そして、その家なりのもてなしがあり、客である自分も居させてもらっているという感謝がなくてはいけない。

通い続けて五、六年経った頃、一人の客が探している本がどこにあるかを教えて手伝ったとき、「お前は俺よりもこの店の品揃えに詳しいな。ここで働け」とピーターさんに言われたときもうれしかった。そういう人と人との関係が生まれる本屋ばかりを、僕は旅をしながら、自分のちからで見つけていった。

居心地のよい本屋とは、おしゃれだったり、すてきなインテリアや、品揃えの良さではなく、そこを友だちの家のように訪れ、学び、店主とふれあい、楽しむことで生まれるものだから、結局、自分次第なのだ。そして、そう感じるには、幾ばくの時間が必要だったりすることも忘れてはいけない。

マンハッタンの道すべてを歩いて作った地図

二十二歳の夏、僕はニューヨーク・マンハッタンの道という道すべてを歩くという目的を果たそうとしていた。

マンハッタンの広さは、東京の世田谷区と同じくらいと聞き、それならばこの街をとことん歩きつくしてみようと思ったのだ。その頃の僕は、お金もなく、仕事も目的もなかったが、時間はたっぷりとあった。

マンハッタンの道をすべて歩き通せば、ただの旅行者から、生活者としてのニューヨーカーの端くれになれるかもと希望も抱いた。報酬はないけれど、これもひとつのプロジェクトとして、日々の仕事になるとも思った。くわえて、歩くだけならつまらないので、その頃、関心のあった本屋マップを作ることを考えた。

インターネットがない時代である。僕はイエローページの「BOOK STORE」欄を切り取り、一軒一軒歩いて探し出し、すべての本屋の所在地を、マンハッタンの地図上に書き記そうと思った。

まず僕はマンハッタンの地図を、一日八時間歩くと想定し、二一個のエリアに分割した。一日一エリア歩くとして、二十一日で踏破する予定である。カメラ、メモ帳、マンハッタンの地図、そして歩きやすい靴を備え、朝九時から夕方五時までの、仕事という名の街歩きがスタートした。

その感想を書くと長くなるので省略するが、結局、マンハッタンの道のすべてを歩くことに四十八日もかかった。予定していた日数の倍以上かかったことになるが、それには理由があった。マンハッタンの道は、基本的に縦と横で構成されているといっても、実際に歩くと、それだけではなく小道が入り組んでいるエリアが多く、非常に複雑で、いくら地図を片手にといっても道に迷うのだ。しかも地面のアスファルトが穴だらけで歩きにくい。

そして一番の原因は、本屋の所在地を確認することが非常に困難だったことだ。マンハッタンには、四七八軒もの本屋があることになっていた。それらの本屋は路面店であると想定していたのだが、その内の半分は路面店ではなく、ビルの一室であり、そこに辿りつくのに時間と労力が思いのほかかかってしまった。しかも、イエローページに記されている本屋がすべて所在しているとは限らず、店を閉めている本屋も数多くあった。

携帯電話もない時代である。

住所を頼りに探してみて見つからない場合は、公衆電話を使って電話をし、たどたどしい英語で場所を聞いたりすることがどんなに手間がかかったことか。そんな中、驚くことに一〇〇軒近くは、自宅やマンションの一室が本屋であった。そういう本屋は予約制で行く前に電話で予約し、訪ねるというシステムだった。最終的に僕が自分の足で所在を確かめた本屋は四五九軒で、それ以外は閉業をしていた。

自分にとっての大きな発見だったのは、本屋という看板を持っていながら、そこは店ではなく、デスクひとつの個人ディーラーという存在があることだった。先に述べた自宅やマンションの一室を本屋にしている人たちの多くである。彼らは、本の在庫を持たずにして、書店や顧客のために、高額なレア本を探したりする、いわばアンティーク商に近いスタンスで、賢くビジネスをしているブックハンターとも言われる人たちだった。

さて。

後になって、自家製の「マンハッタン・ブックストアマップ」が完成し、僕はそこに記された本屋および個人ディーラーにマップを届けた。すると、「これは本当に君がすべて歩いて確かめて地図を作ったのか！」と驚かれた。当時、マンハッタンは本屋の街と言われておきながら、マンハッタンにある本屋の所在地がすべて記された地図など存在しなかったからだ。しかも、そこには個人ディーラーの所在地までが網羅されている。

こんな誰もしないようなことのおかげで僕の名はマンハッタン中の本屋で知られることになり、「ニューヨーク・タイムズ」の日曜版の文化欄で紹介されることにもなった。しかも、この地図の権利を買いたいと手をあげる人が現れた。マンハッタンで一番有名な古書店「ストランド書店」だった。

お金もなく、仕事も目的もなかった僕は、自家製の「マンハッタン・ブックストアマップ」の著作権を「ストランド書店」に二万三〇〇〇ドルという大金で買ってもらった。

僕はその資金とネットワークを元手にして、「M&COMPANY, booksellers」という屋号の個人ディーラーとなり、「ニューヨーク・ブックハンターズ・クラブ」（今はもうないが）の日本人最初のメンバーになった。

あとがきにかえて

子どもの頃、みつばちの暮らしを描いた絵本を、学校の図書館で見つけて読みふけった。

面白かった。みつばちが好きになった。みつばちは、巣を作ったり、花の蜜を運んだり、子どもを育てたり、女王蜂に仕えたり、花のありかを見つけたりなど、自然界で生き抜くあらゆる知恵と工夫を凝らし、それぞれの役目を一心に果たし、小さな身体のくせに、たくさんのはちみつを、仲間と自分のために集めるのがすごいと思った。

どんなふうに、はちみつが作られるのかを知った僕は、甘いはちみつをひとなめするたびに、野山に咲く花と、青い空とそよかぜ、みつばちのけなげな働きに思いを馳せた。

巣から飛び立ったみつばちは、花の咲く場所へと空を飛び、花から蜜を吸い、身体の中に貯《た》め、一直線に巣に戻り、蜜を仲間に渡し、すぐにまた花の元へと飛び出していく。

たとえば、スプーン一杯のはちみつのために、花と巣の往復を、どれだけ必要とするのだろう。その一所懸命な働きをこの目で見てみたい。山で暮らすみつばちに会いたい。

僕はずっと夢みていた。

そんなに、みつばちが好きならと、ある日、大分県で養蜂を営む「近藤養蜂場」の近藤純一さんから採蜜のお誘いを受けた。場所は、春から夏にかけて行っている転地養蜂先の島根県匹見だ。

車で山道をひたすら走った。みつばちの巣箱は、人里離れた深い山中の、静かな森の中に置いてあった。近藤さんは、自分が育てたみつばちに会うのがうれしそうだった。

「今日は暑いから、ご機嫌ななめかもしれん」と近藤さんは言った。

僕は、網帽子を被り、ゴム手袋をつけて、巣箱に近づいてみた。みつばちはブーンと羽音をさせていた。

近藤さんは、巣板をやさしく持ち上げ、みつばちをじっと見つめている。はちみつが貯まっているか、卵が産みつけられているか、働き蜂や女王蜂がどんなふうにしているかを確かめ、巣板にはちみつが溢れていたら、群がるみつばちを刷毛《はけ》で落として、次から次へと、蜜摂りの遠心分離器へと持っていく。

「もうすぐ栃の花が山に咲く。そうすると、また蜜を集めてくるでしょう」。

近藤さんはそう言って、みつばちが山で暮らしやすくなるように、巣の掃除をしたり、温度管理のための風通しをよくしてあげたりと、せっせと世話を焼いている。

摂れたばかりのはちみつをなめてみた。心にしみ入る甘さだった。おいしい。

僕はみつばちに刺されるかと思ったが、刺されなかった。うれしかった。

初出
『読売新聞』夕刊　２０１５年11月18日～
２０１７年３月29日連載「松浦弥太郎の暮らし向き」
ほか、各紙誌の原稿を再編集・加筆修正いたしました。
店名やデータは執筆当時のままにしています。

松浦弥太郎（まつうら・やたろう）
1965年東京生まれ。渡米後、アメリカの書店文化に触れ、日本におけるセレクトブックストアの先駆けとして「COW BOOKS」を立ち上げる。雑誌、新聞などにてエッセイストとして活躍。2006年から15年3月まで『暮しの手帖』の編集長を務める。2015年4月、クックパッド株式会社に入社し、「くらしのきほん」を手がけた。株式会社おいしい健康・共同CEO、「くらしのきほん」主宰。さまざまなメディアで執筆活動を続けるほか、クリエイティブディレクターとしても活躍。

ご機嫌《きげん》な習慣《しゅうかん》

2018年2月25日　初版発行
2020年9月10日　再版発行

著　者　松浦弥太郎《まつうらやたろう》
発行者　松田陽三
発行所　中央公論新社
〒100-8152 東京都千代田区大手町1-7-1
電話　販売 03-5299-1730　編集 03-5299-1740
URL http://www.chuko.co.jp/

ＤＴＰ　市川真樹子
印　刷　三晃印刷
製　本　大口製本印刷

Published by CHUOKORON-SHINSHA, INC.
Printed in Japan　ISBN978-4-12-005053-4 C0095

自分で考えて生きよう

松浦弥太郎 著

工夫するとコツが見つかる。コツは魔法となって暮らしをきっと美しくしてくれるだろう——これが、松浦弥太郎の日々のまなざし。工夫とコツがしあわせの種になるエッセイ集

中央公論新社